로크미디어가
유혹하는
재미있는 세상

ROK
MEDIA
로크미디어

예지몽으로 히든랭커 29

2023년 4월 17일 초판 1쇄 인쇄
2023년 4월 20일 초판 1쇄 발행

지은이 이현비
발행인 강준규

기획 이기헌 왕소현 박경무 강민구 조익현
책임편집 백승미
마케팅지원 이원선

발행처 (주)로크미디어
출판등록 2003년 3월 24일
주소 서울시 마포구 마포대로 45 일진빌딩 6층
Tel (02)3273-5135 **Fax** (02)3273-5134
홈페이지 rokmedia.com **E-mail** rokmedia@empas.com

ⓒ 이현비, 2021

값 9,000원

ISBN 979-11-354-7929-8 (29권)
ISBN 979-11-354-9382-9 04810 (세트)

예지몽으로
히든랭커

이현비 게임 판타지 장편소설 ②⑨

CONTENTS

전조

"던전이라니! 이게 현실이야?"

"랫맨이 현실에 등장하다니…….."

"……미친!"

헤븐힐과 매디 그리고 바로는 실시간 속보로 전해지는 뉴스에서 눈을 떼지 못하고 있으면서도 입에서 나오는 말은 현실을 믿지 못하고 있음을 보여 주었다.

한편 가온은 아무 말도 하지 않고 화면을 노려보고 있었다.

랫맨은 체고가 1미터가 훨씬 넘는다는 점과 이족보행을 한다는 점을 빼면 완벽하게 쥐의 외형을 하고 있었다.

놈들은 날카로운 발톱과 이빨로 사람들을 무차별적으로

공격해서 이미 현장에는 심하게 훼손된 사체가 피바다 속에 방치되어 마치 지옥을 연상케 했다.

그나마 군인 혹은 공안으로 추정되는 이들이 출동해서 마구 날뛰는 랫맨들을 공격하기 시작했다.

랫맨은 생체보호막을 가지고 있어 총탄에 쉽게 죽지 않았지만 마리당 수백 발이 집중되자 결국 빠르게 죽기 시작했다.

하지만 랫맨들은 동료의 죽음보다는 살육에 완전히 미쳐서 총탄 세례에도 불구하고 도망치는 사람들을 쫓고 있었는데, 속도가 엄청나게 빨랐다.

문제는 랫맨은 물론 도망치고 있는 사람들까지 총탄의 목표가 되었다는 사실이다. 화면에는 총탄에 의해서 형상을 알아볼 수 없도록 훼손이 된 사람과 랫맨의 모습이 분명하게 보였다.

결국 총탄은 멎었고 강변을 끼고 있는 도로와 공원은 수를 헤아리기 힘든 처참한 사체들로 인해서 피바다가 되어 버렸다.

'예지몽보다 최소한 1년, 아니 20개월이 더 빨라!'

첫 번째 예지몽과 달리 두 번째 예지몽은 또렷하게 기억이 나지 않았지만 지금보다 훨씬 더 시간이 지난 후에 발생했다.

'최초로 출현한 몬스터는 랫맨이 아니라 고블린이었는데.

던전이 발생한 지역도 달라. 왜 중국이지? 설마 예지몽과 다른 일들이 벌어지는 건가?'

예지몽이라고 해도 워낙 길고 빠르게 진행되었기 때문에 큰 사건이 아니면 기억이 희미하다. 하지만 지구에 처음 등장하는 몬스터에 대한 기억은 확실했다.

조금 정신을 차리고 테이블 한편에 거치된 태블릿에서 해당 사건에 대한 기사를 검색하자 벌써 수천 건이나 쏟아졌다. 대부분 복사에 가까운 내용의 기사였다.

결국 가온은 벼리에게 도움을 요청했다.

'최초 기사를 찾아 줘!'

답은 금방 나왔다.

—기사가 아니라 영상이에요.

'그럼 지금 TV에서 나오는 영상이?'

—네, 오빠. 주로 낚시를 하는 동영상을 촬영해서 다양한 동영상 플랫폼에 기고하는 스트리머가 우연히 촬영해서 모과TV에 영상을 보냈어요.

가온은 원본을 시청하기 위해서 모과TV를 검색해서 접속을 해 보려고 했지만 다운이 되었는지 홈페이지 화면조차 열리지 않았다.

—오빠, 그 영상은 이미 삭제가 된 상태예요.

'삭제가 되었다고?'

—네. 광전국의 명령으로 해당 영상은 삭제가 되었는데 노

출된 시간은 불과 7분에 불과해요. 하지만 영상의 내용이 너무 충격적이어서 SNS 이용자들을 통해 순식간에 퍼져 버렸어요. 광전국 쪽을 살펴봤는데 수뇌들의 얘기로 봐서는 곧 중국 정부 차원에서 해당 영상이 조작되었다는 내용으로 발표가 될 것 같아요.

보통의 경우와 다른 중국 측의 신속한 처리와 사회 혼란을 우려한 각국 정부의 결정으로 인해서 이 사건은 인기와 돈을 노린 여행객이 벌인 해프닝으로 간주될지도 모르겠다는 생각이 들었다.

'이래서 예지몽 속에서는 알려지지 않은 건가?'

그럴 가능성이 컸다.

'벼리야, 지금 보고 있는 영상의 내용이 진짜야?'

―맞아요. 화면에 등장하는 곳은 관광지로 유명한 광시성 구이린(계림桂林)시의 리강 강변이 분명해요. 그리고 랫맨은 리강과 연결된 하수도를 통해서 나온 것으로 추정되고요. 사람을 공격하는 장면이나 사살되는 장면도 CG나 다른 영상에서 카피한 것도 아니고요.

그럼에도 불구하고 잠시 후 아나운서는 해당 영상이 조회수를 노린 한 스트리머가 어나더 문두스의 영상을 교묘하게 짜깁기해서 만든 것이라며 신중한 검토를 하지 않고 속보로 보도한 사실에 대해서 사과를 했다.

"그럼 그렇지!"

"저런 새끼들은 다 감옥에 처넣어야 하는데."

"얼마나 정교하게 영상을 짜깁기를 했으면 방송국도 속아 넘어갔을까."

비로소 안도한 세 사람처럼 놀랐던 다른 사람들도 흥분을 가라앉히며 스트리머와 해당 영상을 업로드한 모과TV 측을 욕했다.

'그럼 대략 1년 반 이상을 각국 정부가 던전에 대한 진실을 숨겼다는 얘기인데…….'

워낙 긴 예지몽을 꾸었기에 기억이 흐릿하긴 했지만 가온이 처음 등장한 던전은 고블린 던전이었고 발생한 장소는 프랑스였다.

고블린은 랫맨처럼 총탄에 쉽게 뚫리지 않는 생체보호막을 가지고 있었고 재빠른 데다 무척 영악해서 경찰력으로는 놈들을 막을 수 없어 결국 군대까지 동원되었다.

그렇지만 프랑스 정부는 강력한 화기를 마음대로 사용할 수도 없었다. 고블린들이 학살극을 벌인 곳이 꽤 많은 사람이 사는 작은 소도시였다.

게다가 고블린은 지능이 높은 몬스터답게 건물을 이용해서 집중사격을 피하는 한편 일부는 사람들을 인질처럼 이용하기도 했다.

프랑스 정부가 인명 피해를 감수하고 전차와 미사일, 그리고 항공기를 이용한 대규모 작전을 벌이는 것을 두고 고민을 하는 사이에 처음으로 초랭커들이 세상에 등장해서 고블린들을 마나가 주입된 냉병기로 처리했다.

비슷한 시기에 미국의 오지에 생성된 오크 던전이 방치되었다가 결국 던전 브레이크가 발생했다. 거리는 꽤 멀지만 소도시를 공격한 오크의 경우 생체보호막이 더 강해서 총탄은 큰 위력이 없었고, 상처를 입고 오히려 더 날뛰는 바람에 경찰은 물론 군인들까지 엄청난 피해를 입었다.

미국 정부 역시 프랑스 정부와 비슷한 고민을 하고 있을 때 초랭커들이 출현했다. 그리고 그들은 마치 히어로 영화의 주인공들처럼 마나가 주입된 냉병기를 사용해서 오크들을 사냥하는 데 성공했다.

이 두 사건은 세상에 엄청난 충격을 주었다. 가상현실 게임에서나 등장하는 마수와 몬스터가 실제로 나타나서 인간을 무차별적으로 공격해서 처참하게 죽이고, 생체보호막으로 인해서 이제까지 인류가 발명한 최고의 화약 무기들이 통하지 않는다는 사실 때문이었다.

당연히 고블린과 오크 들로부터 사람들을 구해 낸 영웅에게 사람들의 관심이 집중되었다. 영화에나 나올 법한 복장과 냉병기를 사용하는 모습은 비현실적이었지만, 그만큼 사람들에게 강렬한 인상을 준 것이다.

언론은 영웅들이 국가의 부름에 응했다는 사실까지는 파악했지만, 어떤 기자도 그들을 만나거나 인터뷰할 수는 없었

예자몽으로
히든랭커

다. 국가 차원에서 그들에 대한 정보를 통제했기 때문이다.

얼마 후, 각국 정부는 사건을 해결한 영웅들이 어나더 문두스의 초랭커이며 외계 혹은 다른 차원에서 마수와 몬스터들이 넘어올 수 있는 사태를 상정하고 오랫동안 양성해 온 특수 요원들이라고 발표했다.

또한 외계 혹은 다른 차원과 연결되어 지구의 생물과는 전혀 다른 공격적이고 치명적인 마수와 몬스터가 서식하는 던전이 언제 어느 곳에서든 생성될 수 있으니 발견 즉시 해당지역을 벗어나서 신고하라는 내용을 공표했다.

당연히 엄청난 사회 혼란이 발생했지만 이미 어나더 문두스를 통해서 마수와 몬스터에 어느 정도 익숙해진 사람들은 그나마 빨리 상황을 받아들였고, 초랭커들은 영웅이 되어 화려하게 등장했다.

가온은 예지몽의 기억을 통해서 고블린 던전보다 등급이 낮은 던전들이 상당 기간 방치되었거나 제대로 공략이 되지 않았다는 사실을 추론할 수 있었다.

'각국 정부들이 등급이 낮은 던전들을 빠르게 정리하면 등급이 높은 던전이 등장하는 시기를 늦추거나 던전 생성을 억제할 수 있다는 사실은 과연 알고 있을까?'

예전에 벼리가 말해 준 바에 따르면 차원 이동이 가능한 아르테미인들이 곧 차원 융합이 일어나는 지구인들을 위해서 강대국들의 수뇌부에게 이런 미래를 경고했고, 해당 정부

들은 경고를 받아들여서 세이뷰어 시스템을 마련하고 초랭
커를 양성하는 등 대비를 했다.

'그럼 아르테미인들도 차원 융합을 막는 방법을 모르는 것
일까?'

아니면 각국 정부가 어떤 이익을 위해서 고의적으로 던전
들을 제대로 공략하지 않았거나 늦추었을까?

'지금으로서는 알 수가 없어.'

그렇다고 마냥 던전과 던전 브레이크에 대한 진실이 세상
에 공개될 때까지 모른 척을 할 수도 없었다.

'예지몽 속에서는 어나더 문두스를 플레이하느라 현실에
서 발생한 던전 건에 대해서 신경을 쓰지 못해서 잘은 모르
겠지만, 던전 브레이크로 인해서 엄청난 사람들이 죽었지.'

국방력이 약하거나 초랭커를 보유하지 못한 나라들의 경
우 대도시까지 파괴될 정도의 극심한 피해를 입었다.

'경고를 해야 해!'

지금의 자신이라면 당연히 랫맨 정도가 보스인 던전 따위
는 혼자서도 빠르게 정리할 수 있었다.

문제는 자신이 혼자라는 사실이다. 게다가 해당 국가들이
정보를 통제하고 있으니 움직이는 것도 쉽지 않다. 아직도
공산주의를 고수하는 나라들은 물론 국민의 자유를 억압하
는 나라들은 여행하기도 어려웠다.

무엇보다 한 번 공략으로 소멸되는 던전이라면 몰라도 반

복해서 생성되는 던전이 압도적으로 많다는 사실을 생각하면 혼자서는 할 수 있는 일이 거의 없었다.

예지몽이 맞는다면 어쨌거나 최소 1년 6개월은 표면적이겠지만, 별다른 일이 발생하지 않는다. 적어도 예지몽 속에서는 한국에 던전이 발생했다는 얘기를 들은 적이 없었다.

만약 중국에서 생긴 일이 진짜라도 자신이 할 수 있는 일은 없었다.

'저런 일이 발생한 곳이라면 관광객은 물론 내국인들의 출입을 금지할 테지.'

언론의 자유가 거의 없는 중국이라는 나라는 이제까지 쭉 그래 왔다.

만약 그런 곳이 아니었다면 자신이 직접 현장으로 가서 던전을 공략할 생각이다. 자신이 박애주의자라서가 아니다. 방치하면 더 높은 등급의 던전들이 생성되기 때문이다.

'일단 아르테미인들과 중국 지도부 그리고 초랭커를 믿을 수밖에.'

가온은 현실적인 한계로 인해서 어쩌면 세계 최초로 생성된 던전을 제대로 처리할 수 없는 현재의 상황이 너무 안타까웠다.

그렇게 던전에 대한 입장을 정리하자 당장 해야 할 일이 보였다.

'활력 포션으로 인지도와 신뢰를 쌓은 후에 치료 포션과

마나 포션까지 개발하자.'

포션만으로도 수많은 사람들의 삶을 긍정적인 방향으로 바꿀 수 있었다.

가온은 벼리에게 전 세계를 연결한 인터넷망은 물론 각국의 통신망을 감시해서 던전에 대한 정보를 수집하도록 부탁을 하고서야 겨우 활력 포션에 다시 집중할 수 있었다.

⸎

가온의 주도로 인수 대상을 해무리 제약을 확정한 후 자본금에 대한 부분까지 확정했다.

"내가 5억을 출자할게. 이번에 어나더 문두스를 접으면서 정리했거나 경매에 올린 아이템도 꽤 많고 그동안 이런저런 일로 모아 놓은 골드가 꽤 많아."

"저 역시 끌어모으면 5억은 될 것 같아요."

"저는 10억요. 안 그래도 제가 운영하는 정보게시판을 인수하겠다는 곳이 몇 군데 있거든요."

의외로 가장 많은 자금을 가진 사람은 셋 중 가장 어린 바로였다. 어나더 문두스에 관련된 정보게시판 중 인지도가 꽤 높은 편이라 매각하면 상당히 높은 금액을 받을 수 있는 모양이다.

"그럼 내가 80억을 출자해서 자본금을 100억으로 맞추면 되겠군요."

가온의 말에 세 사람은 서로 눈빛을 교환하면서 고개를 끄덕였다.

'역시 금수저였어!'

스무 살을 갓 넘긴 휴학생이 동원할 수 있는 규모의 자금이 아니다. 당연히 집안의 도움을 받을 수 있거나 유산을 상속받은 경우일 거라고 세 사람은 생각했다.

그렇게 생각한 세 사람은 자금의 출처를 묻지 않았기에 가온도 마음이 편했다. 사실 어떤 자금인지 물어볼 거라 예상하고 대답도 생각해 두었다.

"그럼 자본금 문제는 이렇게 마무리하고 내일 해무리 제약의 김용석 대표를 만나서 본격적으로 인수 건을 처리하도록 하지요."

그날은 일단 거기까지만 논의하고 자리를 파했다.

인수

다음 날 아침. 다시 만난 가온 일행은 서울 모처에서 해무리 제약의 김용석 대표와 미팅을 가졌다.

작은 체구지만 '옹골차다'라는 단어가 떠오를 정도로 단단한 인상을 풍기는 김용석 대표에게 가온은 단도직입적으로 자신의 조건을 말했다.

"회사를 70억에 넘기는 대신 5년 동안 연구소장으로 더 일을 하라는 말씀이군요."

"그렇습니다. 연봉은 지금 수준으로 맞춰 드리겠습니다."

가온의 대답에 김용석은 마음이 동하는 것 같았는데 잠깐 망설이다가 다시 입을 열었다.

"아실지 모르겠지만 우리 회사가 연구소를 가지고 있기는 하지만 자금 부족으로 제대로 된 시설을 갖추지 못했습니다. 새로운 약을 개발할 생각을 포기했기에 지금 연구소의 역량으로는 성분 실험 등 간단한 실험만 할 수 있을 뿐입니다. 무엇보다 저나 연구원들이 오랫동안 연구에 손을 놓은 데다가 의욕까지 상실한 상태라서 제대로 된 연구를 수행할 수 없습니다."

"의욕을 상실했다고요?"

"그렇습니다. 우리 팀이 글로벌 제약사에서 나름 날리기는 했지만, 나이도 있고 3년 정도 연구개발에서 손을 뗀 상태로 지내다 보니 의욕마저 상실한 상황입니다."

"대표님만 그런 게 아닙니까?"

"아닙니다. 오랫동안 팀을 이루어 연구를 한 인연으로 퇴사를 할 때 날 따라서 나오기는 했지만 그 친구들도 그 당시에 이미 많이 지친 상태였지요. 가장 어린 마이클이 올해 47세입니다."

무슨 얘기인지는 알겠는데 가온에게는 그편이 더 좋았다.

"그럼 연금을 받는다고 생각하고 연구소에서 5년만 더 근무하십시오. 아무것도 하지 않고 노셔도 됩니다. 우리는 대표님과 연구원들의 후광이 필요한 것뿐이니까요."

"……도무지 이해할 수가 없군요."

"우리는 판매할 제품의 효과를 확신합니다. 그래서 시장에서 빨리 인정을 받기 위해서 여러분의 연구 이력과 이름이 필요한 겁니다."

사실 김 대표가 자신이 내건 조건을 받아들이지 않아도 된다. 돌아가야 해서 시간이 좀 많이 걸리는 것일 뿐이다.

"그럼 회사만 60억에 넘기는 조건으로는 인수를 하지 않을 겁니까?"

"그렇습니다."

처음부터 시작할 거라면 부도가 난 적당한 규모의 식품 회사를 인수해도 된다. 다만 그 경우에는 바로 활력 포션을 판매할 수가 없어 시간이 많이 걸리는 단점이 있었다.

"생각할 시간을 좀 주시겠습니까?"

말은 그렇게 하는데 내키지 않는 모양이다. 아마 은퇴를 할 생각을 굳힌 모양이다.

"알겠습니다. 이건 우리가 개발한 활력 포션입니다. 많이 피곤해 보이는데 한번 드셔 보세요. 참고로 인체에 유해한 성분은 전혀 포함되지 않았습니다."

김용석 대표는 강인한 기세를 풍기고 있긴 하지만 고민이 많은지 낯빛도 좋지 않았고 눈도 충혈되어 있기에 가온은 활력 포션을 권했다.

"회사 매각 건 때문에 요즘 고민이 많아서 말입니다. 한번 마셔 보겠습니다."

잠시 고민하던 김용석 대표가 활력 포션을 마시더니 살짝 인상을 썼다.

"시판을 하려면 맛과 향은 좀 개선해야겠군요."

"안 그래도 염두에 두고 있습니다."

"뭐 맛과 향을 개선하는 건 그리 어렵지 않을 겁니다. 문제는 이 식품이 체감할 수 있는 효과를 가지고 있느냐와 효과적인 홍보 및 광고를 해야 한다는 점입니다."

"안 그래도 홍보는 미디어가 아닌 입소문을 이용할 생각입니다. 피로 회복 효과가 뛰어나기에 격무에 시달리는 직업군을 대상으로 말입니다."

이 정도의 정보는 공개해도 상관이 없었다.

"이 음료의 피로 회복 효과를 자신하시는군요."

"그렇습니다. 오래전 숙취해소제의 시초라고 할 수 있는 제품이 영업 직군에 근무하는 직장인들의 입소문만으로 성공했듯이 우리 제품도 그럴 거라고 확신하고 있습니다."

"정말 효과가 뚜렷하다면 좋은 시도이기는 한데 그리 호락호락하지 않을 겁니다. 제약 업계도 그렇지만 식품 쪽도 경쟁이 만만치 않거든요. 아니, 100개 중 하나 정도만 사람들에게 이름을 알리는 정도라고 보면 됩니다. 수익이 나는 것이 아니라 말입니다."

김용석 대표는 가온 일행이 젊은 것이 안타까운 듯 한국의 제약 업계 및 식품 업계와 관련된 전반적인 현실에 대한 이야기를 해 주었다.

그렇게 10여 분이 지났을 때 김용석 대표의 눈썹이 심하게 꿈틀거렸다.

"이, 이거 혹시?"

가온 일행을 쳐다보는 김용석 대표의 동공이 흔들렸는데 벌써 낯빛이 많이 좋아졌다.

"맞습니다. 활력 포션의 효과입니다."

"……일단 공장으로 가서 성분 검사부터 해 보고 결정을 내려도 되겠습니까?"

그렇게 묻는 김용석 대표의 눈에는 지금까지와는 너무 다른 강렬한 감정이 실려 있었다.

연구소에 도착하자 네 연구원이 그들을 맞이했다.

'은퇴를 거론할 정도로 나이가 많은 것 같지는 않은데.'

김용석 대표를 따라서 제약사를 나온 네 사람은 40대 후반에서 50대 중반으로 잠깐 대화를 나눠 보니 국적은 각각 달랐지만, 공통점이 하나 있었다. 배우자가 한국인이거나 부모 중 한 명이 한국인이었다.

한국인의 피가 섞여서 그런지 구사하는 말에서 약간 어눌한 점이 느껴지기는 하지만 의사소통에는 전혀 문제가 없었다.

'연구소가 생각보다 크네.'

연구소는 공장이나 사무동과는 아예 다른 동을 쓸 정도로 공간이 컸다.

'아예 채우지 않은 것이 아니라 최근에 비운 것 같군.'

비어 있는 연구실들은 많았지만 청소를 했지만 무거운 설비가 꽤 오랫동안 자리를 차지하고 있었던 흔적들이 고스란히 남아 있었다.

'작정을 했군. 회사를 매각하기 전에 중요한 실험 기기들을 빼돌렸어.'

연구원도 네 사람을 제외하고도 열 명이 넘어서 김용석 대표의 말과 달리 해무리 제약은 연구 쪽에 투자를 꾸준하게 해 왔던 것 같았다.

잠깐 연구소를 둘러본 가온은 김용석 대표의 말과 달리 최근까지도 연구가 진행되어 왔으며 매각을 결정한 이후 실험 기자재나 설비를 다른 곳으로 옮긴 것 같다는 결론을 내렸다.

"믿을 수 없습니다!"

김용석 대표의 짧은 설명을 들은 네 사람은 역시나 믿을 수 없다는 반응이었다.

"내가 직접 확인했어."

"……미친! 그런 약, 아니 식품이 있다고요?"

"그게 사실이라면 이건 의료계의 혁명이나 다름없어요!"

"맞습니다! 피로 회복과 관련된 수많은 약들은 당장 창고로 가게 될 겁니다!"

"복용 후 10여 분 만에 본인이 자각할 수 있을 정도의 피로 회복 효과가 있다면, 그것도 기존에 잘 알려진 인삼이나 마카와 같은 식물에서 추출해서 유해 성분이 전혀 없다면, 굳이 전문의약품으로 허가를 받을 필요가 전혀 없어요!"

네 연구원은 대표의 말은 믿지만 개인적으로 이해가 안 된다는 얼굴로 성분 검사를 실시했다.

남아 있는 기자재로도 성분 검사는 충분했고 시간도 그리 많이 걸리지 않았다.

"그런데 이 성분만으로 정말 이렇게 즉각적이고 확실한 피로 회복 효과가 나온다는 것은 확실합니까?"

"일단 여러분도 마셔 보십시오."

가온은 김용석 대표와 비슷하게 피로가 누적된 모습을 하고 있는 네 연구원에게 활력 포션을 주었다.

네 사람은 성분 검사에서 몸에 해로운 성분이 전혀 검출되지 않았고 대표의 말을 믿기에 고민하지 않고 바로 포션을 마셨다.

10분 정도가 흐른 후 활력 포션의 효과를 직접 확인한 네 연구원과 눈빛으로 대화를 나눈 김용석 대표는 가온의 제안을 받아들이기로 결정했다.

"좋습니다! 제안을 받아들이겠습니다."

가온 일행은 서로를 쳐다보며 주먹을 불끈 쥐었다. 사업의 첫 단추를 잘 끼워서 그런지 좋은 예감이 들었다.

"그런데 말씀드릴 것이 있습니다."

"얘기하십시오."

"사실 우리끼리 개발하고 있는 약이 있었습니다."

"그랬군요."

최근에 치운 것으로 보이는 실험 기자재의 흔적을 통해 예상은 했었다.

"그런데 연구가 너무 지지부진하고 자금이 부족해서 회사를 매각하고 투자금을 더 끌어모아서 신약 개발에 매진하려고 했던 겁니다. 아시겠지만 신약 개발은 시간뿐 아니라 엄청난 자금이 필요하거든요."

"이해했습니다."

"그런데 정말 궁금해서 그런데 정말 검출된 이 성분만으로 활력 포션의 효과가 발현되는 겁니까?"

"공개할 수 없는 물질이 하나 더 첨가되기는 하지만 혼합 과정에서 사라지기 때문에 검출이 되지 않을 겁니다."

가온은 사실대로 말해 주었다. 비록 5년이라는 기간으로 한정했지만 함께 가야 할 사람들이고 그들 역시 어느 정도는 알고 있어야만 했다.

"혼합 과정에서 사라지는 물질이 있다는 얘기는 들었지만 어떤 특성을 가지고 있는 물질인지 대충이라도 말씀해 주셨으면 좋겠습니다."

"제가 듣기로는 약효가 빠르게 발현될 수 있도록 활성화를 시켜 주는 물질이라고 했습니다."

혹시 모르는 상황에 대비해서 자신 역시 핵심적인 정보는 알지 못하는 것으로 얘기하기로 마음을 먹었었다.

김용석 대표와 네 연구원은 믿을 수 없다는 얼굴이었지만 정말 그런 물질이 포함되지 않았다면 분석을 통해 확인한 성분만으로는 자신들이 직접 몸으로 확인한 효과가 나올 수 없었다. 그들 역시 살아오면서 건강에 도움이 된다는 많은 건강 기능성 식품을 먹어 왔기 때문이다.

"성분 검사에서는 검출되지 않는 것은 확실합니까?"

"그렇다고 들었고 실제로 제가 실험을 했을 때도 그렇게 나왔습니다. 더욱 놀라운 것은 범용성입니다. 지금까지 시음한 모든 사람이 놀랄 정도의 피로 회복 효과를 가지고 있었습니다. 부작용도 전혀 없었고요."

뭐 실제로 성분 검사를 해 본 것은 아니지만 알테어가 자신했으니 그럴 것이다.

"정말 그런 물질이 있다면 제약 업계에 혁신이 일어날 겁니다."

"혁신요?"

"네. 이제까지 문명이 발전하는 과정에서 수많은 질병을 치료할 수 있는 약이 출시되었습니다. 하지만 부작용이 전혀 없는 약은 없었습니다. 또한 약효가 사람마다 다르지요. 그건 사람의 체질이나 건강 상태 또는 환경과 같은 개별적인 조건에 따라서 흡수율이 차이가 나기 때문입니다."

당연하다면 당연한 말이다. 어떤 이에게는 건강에 도움이 되는 음식도 다른 사람에게는 해로운 경우가 있으니 약은 말할 것도 없었다. 약 성분의 흡수율도 마찬가지다.

"들었다고 표현하신 것으로 봐서는 그 핵심이 되는 원료를 공급해 주는 누군가가 있는 것 같은데, 앞으로도 구하는 데 문제는 없는 겁니까?"

"그렇다고 확신합니다."

"혹시 저희도 그 물질로 연구를 할 수 있을까요?"

"어떤 연구를 하시려고요?"

"저희가 귀국해서 해무리 제약을 세우고 약의 원료 물질만 생산한 이유가 있습니다. 이전에 근무하던 회사에서부터 팀을 이루어서 오랫동안 개발하던 약이 있습니다. 아직 임상 전이지만 동물 실험에서는 유효한 데이터를 확보했습니다. 하지만 치료 효과는 개체별로 큰 차이가 나서 그 이후의 연구는 진척이 없는 상태입니다."

신약을 개발하기 위한 시간과 여유를 확보하기 위해서 일부러 오리지널 약은 물론 카피 약도 생산하지 않았다는 얘기였다. 약제의 원료 물질을 생산하는 건 이 다섯 명에게는 그리 어려운 일이 아니었던 것이다.

"만약 제가 제공하는 물질로 인해서 신약 개발에 성공한다면 권리는 어떻게 하실 생각입니까?"

가온은 높은 생명력과 재생력을 함유하고 있는 트롤의 혈

액이라면 이들의 연구에 큰 도움이 될 거라고 판단했다.

"아직 정식 임상에 들어간 것은 아니지만 그런 물질이 있다면 최대한 빨리 임상을 통과할 수 있을 거라고 확신합니다. 신약이 시판에 들어갈 경우 특허를 포함한 모든 권리는 회사에서 가지고 저희에게는 판매 수익 대비 인센티브를 주십시오. 합해서 25%를 원합니다."

"그 부분은 조금 조사를 한 다음에 결정해도 되겠습니까?"

이미 상당한 수준까지 신약을 개발한 상황이니 그 정도는 지급해도 될 것 같았지만 이쪽 업계의 관행을 몰라서 판단은 유보하기로 했다.

"당연하지요. 그런데 제의할 게 있습니다."

"뭡니까?"

"매각 대금 중 30억을 투자하는 대신 지분을 받고 싶습니다."

활력 포션의 효능을 직접 확인했으니 당연히 할 수 있는 제안이었다.

가온은 세 사람과 짧게 시선을 교환하고 고개를 끄덕였다.

"좋습니다. 다만 지분율은 저희끼리 의논을 좀 해야 합니다."

말은 그렇게 했지만 아직 자본금도 납입되지 않은 상황이다. 세 사람에게는 아직 시간이 좀 더 필요했고 30억에 대한 지분율도 결정해야만 했다.

"당연히 그렇게 하셔야지요."

그렇게 양측은 일단 인수 계약 건만 확정하고 일주일 후에 계약을 하는 자리에서 다시 얘기하기로 했다.

～⬩～

닷새 후, 다시 만난 가온 일행의 얼굴은 무척 밝았다. 각자 얘기했던 자금을 무사히 확보할 수 있었기 때문이다.

각자 약속했던 자금은 일단 임시로 만든 법인 명의의 통장에 입금이 되어 차례로 확인할 수 있었다.

"드디어 시작이네!"

"좋은 예감이 들어."

"맞아요, 언니. 아무리 좋은 제품이 있다고 해도 사업이 쉬운 것은 절대 아닐 텐데 일이 술술 풀리는 것 같아서 너무 좋아요."

넷 모두 사업 경험이 전무하기 때문에 걱정이 많았는데 자본금도 무사히 확보했고 사업에 적합한 대상도 무사히 인수할 수 있게 되어 마음이 좀 놓였다.

그렇게 좋은 기분으로 이런저런 대화를 나누다가 바로가 지분에 대한 얘기를 꺼냈다.

자신이 말한 자금을 확보하기 위해서 바쁜 시간을 보냈던 네 사람은 그동안 화상으로 매일 두세 번씩 논의를 했기에 자본금과 지분 건을 확정할 수 있었다.

총자본금은 130억 원으로 지분은 헤븐힐과 매디가 각각 4%, 바로 8%, 김용석 10%, 가온 70%로 확정했다. 김용석 소장의 경우 늦게 합류했기에 바로보다 세 배 더 많은 자금으로 10%의 지분만 받게 되었는데 본인은 크게 만족했다.

"이제 더 이상 자금은 필요 없겠죠?"

"투자할 사람이라도 있는 거야?"

"네, 형. 아빠가 자금을 투자하시겠다고 했거든요."

"나중에는 모르겠지만 지금 당장은 필요 없을 것 같아."

"그럼 사업을 도와줄 사람도 필요 없어요, 형?"

그러고 보니 바로가 사업에 도움이 될 사람들을 찾았다고 했는데 아버지의 도움을 받은 모양이다. 매디와 바로의 아버지는 꽤 유명한 투자회사를 운영하고 있어서 능력이 있는 사람들을 많이 알고 있었다.

"어떤 사람들인데?"

"맡아서 경영을 해 줄 사람도 있고 법무적인 부분이나 인사 혹은 유통 쪽을 맡을 수 있는 사람들도 있어요."

인수하기로 결정한 해무리 제약은 신생 제약사에 대표가 그동안 다른 곳에 정신이 팔려 있는 상태라 회사 조직이 너무 허술했다. 그리고 다른 건 몰라도 경영을 맡을 수 있는 사람이 있다는 소리에 혹했다.

"법무 쪽은 꼭 필요하기는 하지만 지금 당장 필요한 건 아니고 전문 경영인이 있으면 좋긴 한데 믿을 수 있는 사람이야?"

"네, 형. 아빠가 강력하게 추천하셨어요."

반사적으로 매디 쪽을 봤는데 바로와 달리 살짝 인상을 쓰고 있었다.

'뭔가 이상하네.'

매디의 태도도 그렇고 느낌이 좋지 않았다.

"어떤 사람인데?"

"아빠가 대주주로 있는 식품 회사의 임원인데 카리스마도 강하고 업무 추진력이 아주 뛰어나다는 평가를 받고 있다고 했어요. 다만 온건하고 소극적인 성향의 대표와 성격이 맞지 않아서 갈등을 겪고 있다는 것 같아요."

빠르게 사업을 진행하려면 추진력이 강한 인물이 경영을 맡아 주는 편이 좋았다. 아마 바로나 그의 아버지도 그 점을 고려해서 추천을 하는 것 같은데 매디의 표정이 마음에 걸린다.

"매디 씨도 아는 분입니까?"

"네. 1년에 두어 번 보는 분이에요. 아빠가 많이 신임하는 분이고 능력이 꽤 출중한 것으로 알려져 있어요."

"매디 씨 아버님의 평가가 아니라 매디 씨의 생각을 묻는 겁니다."

가온의 말에도 매디는 쉽게 입을 열지 않았다. 자신이

생각해도 확실한 것이 아니라 애매한 무언가가 있는 것 같았다.

그동안 함께 플레이를 하면서 느낀 것인데 매디는 헤븐힐이나 바로와 달리 외적인 조건이나 환경에 휘둘리지 않고 사람을 꿰뚫어 보는 일종의 심안과 같은 능력이 있었다.

사람을 보는 눈이 있다고 생각하는 매디가 불편한 태도를 취하는 데에는 어떤 이유가 있을 것이다.

결국 매디가 입을 열었다.

"……전 좀 불편해요. 이쪽은 전혀 받아들일 준비가 되어 있지 않았는데 과도하게 친한 척을 하는 성격도 개인적으로 불편하지만, 무엇보다 그분과 함께 일했던 사람들 중에 잘 풀린 사람이 거의 없거든요."

"누나, 그건 사람들이 그분의 카리스마와 열정적인 업무 추진력을 쫓을 수 없어서 도태된 거라고 아빠가 말했잖아."

바로가 즉각 거칠게 반응했지만 매디는 고개를 흔들었다.

"그럴 수도 있지만 난 왠지 그런 사람이 싫어. 너도 들었겠지만 그분 밑에서 20년이 넘게 일했고 남들이 그분의 하인이라고 말할 정도로 최선을 다해서 보필한 김 부장 아저씨를 겨우 몇백만 원 횡령했다는 이유로 회사에서 내쫓은 것도 부족해서 집을 구할 여유도 주지 않고 사택에서 내쫓았잖아."

"그거야 당연한 거 아니야. 아무리 몇백만 원이라도 회삿돈을 횡령한 사람인데 고소하지 않고 그냥 사표만 받은 것만으로도 그간의 정을 생각한 것이 아닐까? 그리고 무엇보다 그분도 우리 사업을 맡아서 하겠다는 의사를 적극적으로 표시했다고 했잖아."

바로의 말을 들은 가온은 순간적으로 기분이 확 상했다.

'설마 매디 남매의 아버지가 벌써부터 우리의 활력 포션을 노리는 건가?'

아무리 생각해도 단순한 호의에서 나온 행동으로 보이지는 않았다.

"난 그렇게 태도가 극단적으로 바뀌는 사람이 싫어. 김 부장 아저씨가 그동안 전무님한테 했던 행동을 생각해 봐."

"그거야 그렇긴 하지만……."

능력만 생각했던 바로는 누나의 말에 마땅히 할 말이 없는지 입을 닫았다.

"저는 그분이 대표를 맡으면 골치가 아플 것 같아요. 좋게 말하면 성공에 대한 욕심이 크다고 할 수 있지만, 나쁘게 말하면 독불장군의 기질이 강한 사람이거든요. 거기다 자신에게 도움이 된다 싶으면 간이라도 내줄 것처럼 굴다가 쓸모가 없어지면 가차 없이 손절하는 성격도 마음에 안 들고……."

가온은 나쁘게 말한다고 하면서 표현한 독불장군이라는 단어가 걸렸다. 그 말은 남의 말을 듣지 않는 성향을 가지고 있다는 뜻인데, 남들 앞에 경력이나 나이 혹은 사회적인 입지를 고려해서 내세울 인물로는 맞지 않았다.

'그럴 바에는 차라리 나나 헤븐힐이 대표를 하고 말지.'

자신의 나이가 너무 어리기에 사업 전반에서 무시를 받을까 봐 대외적으로 그럴듯한 인물을 대표로 앉히려는 것인데 그런 인물이라면 욕심을 부릴 수밖에 없었다.

"그런데 아버님에게 우리 사업에 대해서 말씀을 드렸어?"

"대충만요. 해무리 제약을 인수하게 되었으며 효과가 확실한 건강 기능성 식품을 판매할 거라고 했어요."

가온은 매디 남매의 아버지가 어떻게 이 사업의 성공을 확신하는 것인지 의아했다.

"그럼 못 들은 것으로 할게."

가온은 바로의 대답에 즉각 결정을 내렸다. 시작도 하기전에 말이 나오는 사람을 대표로 앉힐 수는 없었다.

"그럼 대표는 어떻게 하려고요?"

"기존의 대표에게 부탁을 해도 되고 그분이 고사하면 헤븐힐 누나가 해도 돼."

가온의 말에 헤븐힐이 뜻밖이라는 얼굴을 했지만 그렇다고 적극적으로 거부도 하지 않았다. 어떻게든 자신의 역할을 하겠다고 마음을 먹은 것 같다.

"형이 지금 대부분을 투자했고 주력 상품도 혼자 개발한 것이니 형 맘대로 하세요."

자신의 생각과 다르게 일이 진행되는 것 같아서 속이 좀 상했는지 바로의 표정이 좋지 않았지만 가온은 거기에 신경

쓸 여유가 없었다.

"그 문제는 그렇게 처리하고, 이제 우리 사업에서 가장 중요한 부분이 하나 더 남았어."

"광고와 유통이네요."

그렇게 대답하는 매디는 아까와 달리 밝았다.

"맞아요. 우리의 포션이 아무리 효과가 좋아도 사람들에게 알려지지 않거나 제대로 살 수 있는 루트가 없다면 사업은 지지부진할 수밖에 없습니다."

"유통을 맡아 줄 분도 수배를 해 두었어요."

바로는 이번에야말로 자신이 한 일이 인정받을 것 같아서 뿌듯한 얼굴을 했지만 헤븐힐이 끼어들었다.

"개인적인 생각이기는 한데 활력 포션은 굳이 일반적인 유통망을 이용할 필요가 없을 것 같아."

"그럼요?"

"사실 그 어느 직군보다 더 만성적인 피로에 시달리는 사람들이 바로 의사들이거든. 그들에게만 인정을 받아도 활력 포션을 유통시키는 데는 문제가 없어."

"음. 언니 말이 맞아요. 이 정도로 효과가 뛰어난 물건이라면 굳이 광고나 홍보에 막대한 자금을 투입할 필요가 없어요. 차라리 만성적인 피로에 시달리는 직종에 근무하는 이들을 대상으로 온라인으로만 판매해도 돼요. 아니, 그러는 편이 오히려 더 빠르게 우리 상품을 소개할 수 있을지도

예지몽으로 히든랭커

몰라요."

"듣고 보니 일리가 있어요. 포션의 효과만 확실하면 구입하는 이들을 확보하는 건 문제가 없을 테니까요. 의사나 간호사도 그렇지만 화물차 기사나 택배 기사도 만성적인 피로에 시달리고 있으니까요."

매디는 물론이고 바로도 동의했다.

"그런데 그분들에게는 어떻게 제품을 홍보하려고요?"

"일단 우리 집안에 의사들이 좀 되거든. 인맥을 활용해 보는 건 어떨까?"

매디의 질문에 헤븐힐은 별생각 하지 않고 그렇게 대답했다.

"가온 씨가 개발한 활력 포션이 확실하기 때문에 효과가 없지는 않겠지만 입소문에 의한 홍보는 시간이 오래 걸린다는 단점이 있어요."

"그럼 어떻게 하려고?"

"가온 씨, 홍보 혹은 광고비로 얼마까지 쓸 생각이에요?"

"보통은 얼마나 사용합니까?"

"보통 마케팅 비용은 판매비용의 5~10% 정도로 책정해요. 혹시 판매가도 생각해 봤어요?"

"소매가로 3천 원 정도 생각하고 있습니다."

인삼과 마카와 같은 약초가 꽤 많이 들어가기 때문에 그 가격이라면 수익률은 좀 떨어지지만 그 정도는 되어야 소비자들이 쉽게 접근할 수 있었다.

"피로 회복제의 대표 격인 박*스의 소매가가 1천 원 정도라 가격 면에서는 비싸지만 우리가 판매할 활력 포션에는 인삼과 마카 등 다양한 약초가 들어가니 적당한 것 같아."

일단 헤븐힐은 가온이 말한 가격에 긍정적이었다.

"형, 원가는요?"

"실험만 해서 잘 모르겠네. 보통 건강 기능성 식품의 원가가 얼마나 되는지 아나요?"

가온은 바로의 질문에 대답하는 대신 매디에게 물었다. 가온이 직접 활력 포션을 만든 것이 아니기 때문에 원가를 추정하기 힘들었던 것이다.

"그건 영업 비밀에 해당하기 때문에 자세한 내용은 알 수 없지만 누구나 이름만 들으면 아는 대표적인 홍삼 제품의 원가가 판매가 대비 31% 정도라는 사실은 알려져 있어요. 그리고 판매가 대비 원가가 가장 낮은 제품은 주로 약이에요. 특히 시중에서 4~5천 원에 팔리는 비타민제의 경우 원가는 대부분 100원 정도라고 생각하면 될 거예요."

"제약 업계의 마진율이 엄청나네요?"

"그건 연구 개발비 때문이야. 대기업들이 과도한 수익을 추구하는 바람에 대중에게 욕을 먹고 있기는 하지만 어떤 면에서는 이해할 수도 있어. 사실 부작용이 적은 제대로 된 약 하나를 개발하는 데 천문학적인 금액이 들어가니까. 시간도 많이 걸리고."

매디 대신 헤븐힐이 대답을 했는데 일면 이해는 갔다.

"언니 말이 맞아요. 사실 원가 대비 판매가만 보면 약을 사 먹을 수가 없어요. 보통 우리가 알고 있는 약들은 개발 기간이 평균 15년이에요. 그런데 특허권 지속 기간이 20년이라서 이 기간에 수익을 최대로 올리려고 높은 판매가를 책정하는 거예요."

"거기에 우리가 판매하려는 활력 포션은 약이 아니라 건강 기능성 식품이니, 원가 대비 높은 가격을 책정하기는 힘들어."

매디와 헤븐힐의 말이 맞기는 하지만 예지몽 속에서 락트 메디컬은 활력 포션을 처음부터 대한민국 기준으로 1만 원이 넘는 가격에 팔았다. 그마저도 물량이 부족해서 시중에서는 웃돈을 주고 사야만 했다.

'예지몽 속에서 직접 마셔 본 결과는 알테어가 개발한 것보다 못했어!'

피로 회복에 걸리는 속도도 느렸거니와 회복 효과도 낮았다.

'그래도 노화 억제 쪽에는 큰 도움이 되었지.'

특히 노화 억제의 효과가 아주 뚜렷해서 엄청난 매출을 올린 것이다. 노년층은 물론 중년층도 여유가 되는 이들은 물처럼 사서 마셨으니 말이다.

하지만 가온은 그 부분에는 중점을 두지 않을 생각이다. 그보다는 만성피로를 풀어 주고 면역력을 강화시켜서 병이나 수술의 후유증으로 고생하는 이들에게 도움이 되는 포션을 집중적으로 판매할 생각이다.

'더불어 우리 약초 농가의 수익성을 올려야지.'

예지몽 속에서 락트 메디컬이 판매한 활력 포션에도 인삼을 포함한 여러 약재가 들어가기는 하지만 대부분 가격이 싼 중국산이나 미주산이어서 한국의 약초 농가에는 아무런 도움도 되지 않았다.

방해

마침내 해무리 제약 인수 건이 마무리되었다.

하지만 해야 할 일은 아직도 많았다. 가장 중요한 인사 부분이 아직 결정되지 않았던 것이다.

이제 대표에서 물러나 연구소장으로 취임하게 된 김용석은 홀가분한 얼굴로 입을 열었다.

"경영은 어느 분이 맡으실 겁니까?"

"원래 나이나 경력 면에서 우리 네 사람이 직접 나서기는 힘드니 전문 경영인을 영입할 생각이었습니다."

"좋은 생각은 아닌 것 같습니다."

가온의 대답에 김용석 대표가 고개를 저었다.

"그럼요?"

"활력 포션의 핵심 물질이 따로 있다면 이 자리에 있는 사람들을 제외하고 그 누구도 알아서는 안 됩니다. 비밀을 지키기 위해서는 언제든 나갈 수 있는 외부인을 들여서는 안 됩니다. 전문 경영인으로 들어온 사람이라면 유혹에 넘어갈 수밖에 없습니다."

일리가 있는 말이다. 말이 좋아 전문 경영인이지 결국 목적은 돈과 명예였다. 높은 연봉과 맡은 기업을 키웠다는 성과가 필요해서 주주를 대신해서 회사의 경영을 맡는 것이다.

"차라리 의사 면허가 있는 채미령 씨가 대표를 맡으시죠."

헤븐힐이 4%의 지분을 가지고 있다는 사실은 김 대표도 이미 들어서 알고 있었다.

"아무도 나서지 않는 상황이라면 모를까 지금은 제가 대표를 맡긴 그래요. 아무리 한국 사회가 많이 바뀌었다지만 재벌가 출신이 아닌 이상 제 나이의 여자가 대표를 맡는다는 건 사업에 마이너스로 작용할 가능성이 높아요."

헤븐힐의 대답에 김 대표는 고개를 저었다.

"포션의 효과만 확실하면 그건 별문제가 되지 않습니다. 한국의 재벌들이 그랬듯 문어발식으로 사업을 확장할 것이라면 모르지만 말입니다."

김 대표의 말에 헤븐힐이 가온을 쳐다봤다.

"그런 식으로 확장할 생각은 전혀 없습니다."

"정말 제가 대표를 맡아서 잘할지 모르겠어요. 저희와 함

예지몽으로
히든랭커

께하시기로 마음을 굳히셨는데, 소장님이 계속 회사를 맡으시면 안 될까요?"

"하하하. 아닙니다. 적어도 다른 데 정신이 팔린 나보다는 나을 겁니다. 그리고 그간에 들은 얘기로 판단하면 매디 씨는 홍보 이사를 맡으면 될 것 같고, 바로 씨는 홍보실을 맡아서 매디 씨와 함께 그쪽 일을 하면 될 것 같네요. 참고로 저희 회사는 홍보실이 따로 없었습니다."

이쪽을 전공한 매디와 SNS를 제대로 활용할 줄 아는 바로 남매에게는 적절한 자리였다. 홍보실도 없었다니 사업을 할 생각이 있기는 했던 건지 모르겠다.

"가온 씨는 제품을 단독으로 생산할 수 있고 무엇보다 제품에 필수적인 물질을 유일하게 공급할 수 있으니, 생산 쪽을 맡으십시오. 생산 관리와 생산 지원 두 부분을 총괄하시면 될 것 같습니다."

"말이 나와서 말인데 생산 설비는 어떻습니까?"

미리 시찰을 해서 어느 정도는 알고 있었지만 생산 과정을 숨겨야 할 필요가 있었다.

"둘러보셨으니 아시겠지만 저희가 연구 시간을 확보하기 위해서 생산 인력이 거의 필요하지 않도록 자동화 시스템과 자동화 설비를 갖추었습니다. 원료의 투입부터 모든 공정을 세팅만 하면 기계 및 설비가 자동으로 가동하는 시스템입니다."

그렇기에 생산 인력이라고 해 봐야 설비 유지 및 보수를 담당하는 직원과 원료 관리를 하는 직원을 합해서 채 다섯 명밖에 되지 않았다.

　"포장 자동화 설비만 갖추면 컴퓨터만으로 전 공정을 관리할 수 있습니다. 문제는 생산 능력입니다. 현재의 시설로는 최대로 가동해도 일평균 1만 병을 생산하는 데 그칠 겁니다."

　그렇다면 시설을 확충해야 한다. 일단 활력 포션의 효능이 확인되면 그 정도로는 어림도 없을 테니 말이다.

　자금도 문제가 없었다. 인수에 들어간 자금 중 30억이 다시 자본금으로 들어왔고 벼리가 그동안 투자한 결과물을 정리하는 중이니 말이다.

　다만 일평균 100만 병을 생산하기 위해서는 더 많은 자금이 필요해서 오늘 그 부분도 논의하려고 한다.

　"현재 회사에서 가장 필요한 부분은 영업입니다. 지금까지야 제 인맥으로 사업을 했고 아시다시피 수익성이 무척 낮아서 굳이 영업 파트가 필요치 않았지만 이젠 상황이 달라졌으니 영업 파트를 제대로 키워야 할 겁니다."

　'영업이라……'

　가온은 지금 구상하는 사업에서 가장 중요한 파트가 바로 영업이 아닐까 생각했다. SNS를 제외하면 미디어를 통한 광고나 홍보는 전혀 생각하지 않고 있기 때문에 정말 능력이 출중한 영업맨들이 필요한 것이다.

그때 헤븐힐이 나섰다.

"제가 한번 해 보면 안 될까요?"

"영업 파트를 말입니까?"

"한번 해 보고 싶네요. 어차피 처음 판매 대상을 격무에 시달리는 병원 관계자들로 잡았으니까요."

헤븐힐의 대답에 김용석이 가온을 쳐다봤다. 그는 이미 가온이 이 네 명의 중심이라는 사실을 잘 알고 있었다.

'어떤 면에서 보면 잘할 수 있을 것 같아.'

다른 파트와 달리 영업은 타고난 재능과 성격이 필요했다. 친절은 기본이고 화술과 끈기 그리고 성실함 등 많은 요소를 갖추어야만 제대로 영업을 할 수 있었다.

접대가 아니라 영업이다. 일본식 영업인 접대 문화로 인해서 부정적인 이미지가 만들어졌지만 사실 제대로 된 영업은 상대방에게 신뢰를 줄 수 있는 이력과 화술 그리고 사교와 관련된 능력을 갖추고 있으면 얼마든지 성공할 수 있는 분야다.

헤븐힐은 타고난 미모가 있어 사람들의 눈길을 끌 뿐 아니라 함부로 할 수 없는 카리스마와 분위기를 가지고 있다.

무엇보다 의사 면허까지 소지하고 있어 건강 기능성 식품으로 판매할 활력 포션을 의사와 간호사 등에게 권하는 데 최적의 조건을 갖추고 있었다.

"한번 해 봐요. 사실 활력 포션의 효과만 제대로 알려지면 우린 별다른 영업을 하지 않아도 될 테니까 대표 직위를 겸해도 될 것 같습니다."

"좋아요! 한번 해 볼게요!"

가온의 말에 헤븐힐이 상기된 얼굴로 주먹을 불끈 쥐었다.

그녀도 근거 없는 자신감에서 해 보겠다는 것은 아니다.

'일단 활력 포션을 마셔 보기만 하면 효과를 인정하지 않을 수 없을 테니까.'

자신의 동기며 선후배를 시작으로 의료계에 뻗어 있는 집안사람들의 인맥을 이용하면 어려울 것 같지 않았다.

'오히려 제한된 제품을 공급하는 문제가 더 곤란할 수도 있어.'

헤븐힐은 분명히 수요가 공급을 초과할 거라고 확신했다.

그렇게 장시간의 논의 끝에 회사의 조직도가 새롭게 완성되었다.

대표는 채미령이, 홍보이사는 서매디, 홍보실장은 서바로가 이름을 올렸고, 김용석 전 대표는 연구소장으로 자리를 옮겼으며, 가온은 생산이사가 되었다.

이전의 해무리 제약의 이사들은 김용석 소장의 인척들로 이름만 올린 것이나 다름없었기에 이사 교체는 별문제 없이 진행되었다.

해무리 제약은 원래 약제의 원료 물질을 생산하던 기업이 었기에 인삼, 마카 등의 약초로부터 원하는 성분의 물질을 추출하는 것은 어렵지 않았다.

덕분에 계획보다 훨씬 더 빨리 활력 포션이 생산되었다. 다양한 방식으로 추출한 유효 물질들이 혼합된 활력 포션이 120밀리리터짜리 병에 담겨서 나왔는데, 현재 시설로는 매일 1만 병을 생산할 수 있었다.

가장 먼저 생산한 제품의 이름은 논의 끝에 '레노보'라고 지었다. 라틴어로 '힘을 회복하다' 혹은 '기운을 소생시키다'라는 뜻을 가지고 있었다.

병에 부착하는 디자인은 매디가 잘 아는 일러스트레이터가 맡았는데, 상당히 잘 빠져서 시안을 봤을 때 한 명도 예외 없이 찬성했다.

그 밖에도 변경한 것이 있었다. 가온이 처음 만들어서 사람들에게 복용시켰던 그것의 약효보다 대략 4분의 1 정도 낮게 발현되도록 첨가하는 트롤의 혈액량을 조절했다.

"굳이 처음부터 높은 피로 회복도를 보여 줄 필요는 없습니다. 그 정도로도 충분합니다."

김용석 소장이나 네 연구원이 그렇게 말했고 가온 일행도 처음부터 너무 높은 등급의 포션을 출시하는 것은 쓸데없는 오해나 호기심을 불러일으킬 수 있다고 판단했다.

그렇게 생산된 활력 포션은 마신 지 30분이 지나면 피로 회복을 자각할 수 있을 정도였다. 기분만이 아닌 실제로 피로물질인 젖산을 분해시켜서 실제로 몸 상태가 좋아졌다.

그렇다고 수면처럼 강한 휴식 효과를 대신할 정도는 아니었지만, 실제로 피로물질을 분해시켜 주기 때문에 피로가 쌓여서 만성피로로 발전하는 증상을 예방할 수 있었다.

'레노보 활력 포션'의 제조 및 판매 허가는 김 소장의 주도하에 받았고 이제 시판만 남았다.

그런데 문제가 하나 생겼다. 매디와 바로의 아버지인 서태수 회장이 딴지를 건 것이다.

매디와 바로는 아버지의 호출에 오랜만에 집으로 향했다. 사실 호출이 없었더라도 너무 화가 나서 들르려고 했었다.

두 남매의 아버지 서태수는 자식들이 처음으로 하는 사업에 관심이 많아서 그동안에도 전화를 통해서 돌아가는 상황을 상세하게 확인했으며 긍정적인 태도를 보였는데 오늘은 전혀 달랐다.

"괘씸한 놈! 감히 내 투자를 거절해! 너희들 당장 관둬. 투자했던 자금도 빼고!"

매디와 바로는 이전과 확 달라진 아버지의 태도에 황당하기도 했지만 한편으로는 너무 화가 났다.

서 회장은 아침에 가온에게 직접 전화를 해서 자신이 추천하는 전문 경영인을 포함해서 전문가들을 영입할 것을 조건으로 50억을 투자하겠다고 말했다.

사실 그 정도라면 가온이 굳이 불편한 마음으로 거절하지 않았을 텐데, 50억 원을 투자하는 대신 지분 50%를 내놓으라고 했다.

그리고 더 황당한 것은 자신의 제안을 거부한다면 매디와 바로의 투자는 물론 사업 참여도 없을 거라고 협박성 발언을 했다는 사실이다.

"대체 왜 그러세요?"

"제대로 된 사회 경험이 전혀 없는 젊은 친구들이 무슨 사업을 한다고 그래! 이건 누가 봐도 망하는 길이야!"

"지금 와서 왜 이러세요? 지난번에 말씀드렸을 때는 경험 삼아서 한번 해 보라고 하셨잖아요!"

"누나 말이 맞아요! 왜 갑자기 태클을 거세요? 게다가 우리와 의논도 하지 않고 가온 형에게 직접 전화로 그런 식으로 얘길 하시면 저희 얼굴이 어떻게 돼요!"

매디와 바로는 아버지의 바뀐 태도가 정말 이해가 가질 않았다.

"진짜 너희들이 가진 자금을 다 집어넣어서 사업을 할 줄은 몰랐으니까 그렇게 말했지. 게다가 내가 투자한다는 자금도 받지 않고 도움이 될 인물들을 추천했는데 한 명도 기용하지 않았고. 사업이 무슨 소꿉장난인 줄 알아? 도저히 불안해서 허락할 수가 없다."

"그 자금, 아버지와는 아무런 관계가 없다는 건 잘 아시잖아요. 저희는 젊으니 그 돈을 다 날리더라도 상관없어요."

"제 자금도 마찬가지예요. 누나와 저는 돈을 다 날리더라도 이 사업에 참여할 생각이에요."

"돈이 문제가 아니야. 내 자식들이 처음 하는 사업이라고! 누군가는 실패가 성공의 밑거름이라고 말하지만 현실은 한 번 실패하면 계속 실패하고, 성공하면 계속 성공하는 법이야. 나는 내 자식들이 참여하는 사업이 무능한 경영자 때문에 무너지는 건 두고 볼 수가 없어. 만약 하려거든 내 자금을 투자받고 모세호 그 친구를 대표로 기용해. 그렇게 되면 그나마 안심할 수 있으니까."

서 회장의 말을 들은 매디는 코웃음을 쳤다.

"말도 안 되는 소리 하지 마세요. 자금이 부족한 것도 아니고 만약 부족하더라도 가온 씨가 다 해결할 수 있어요. 생산 자동화 공정에 필요한 자금 70억 원도 이미 추가로 투자하기로 결정이 되었고요."

"그 친구가 70억을 추가로 내놓을 능력이 있다고? 이미 80억을 출자했다고 하지 않았어?"

"맞아요."

"그런데도 더 출자를 한다고? 그 친구 부모의 재정적인 상황으로는 불가능할 텐데."

그렇게 말하는 서 회장도 얼굴이 굳는 것을 보니 놀란 모양이다.

아버지의 놀란 반응에 매디의 목소리가 높아졌다.

"내일 아침까지 70억 원을 추가로 입금하겠다고 했어요. 그리고 앞으로도 필요하다면 자금은 개인적으로 얼마든지 조달할 수 있다고 자신했고요. 그리고 현재 상황에서 다른 인물은 전혀 필요가 없어요. 괜히 팀워크만 깨진다고요."

"크험. 원래 사업은 자금이 많을수록 좋은 거야. 너희들은 해무리의 전 대표를 의지하는 모양인데 그 친구는 사업을 할 사람이 아니야. 좀 조사를 해 봤는데 연구 역량은 아주 뛰어나지만 사고방식이 연구원의 범주를 벗어나지 못했어. 너희들이 아무리 제품의 성공을 확신해도 사업은 녹록하지 않아. 제대로 된 마인드와 능력을 갖춘 경영자가 있어야 사업을 키울 수 있어."

"그럼 빌 게이츠나 폴 앨런과 같은 사람들은 어떻게 성공을 했을까요? 제품만 확실하면 경영은 큰 문제가 되지 않아요."

"우리나라의 기업 환경과 미국의 그것과는 완전히 달라."

매디가 반론을 해 보지만 자신만의 확고한 사업관이 있는 서 회장에게는 씨알도 먹히지 않았다.

"전 그렇게 생각하지 않아요. 우리나라의 IT기업의 총수들도 사업 경험이 없이도 성공을 했으니까요."

"너희들이 하려는 사업과는 분야가 달라. 제약이나 식품 쪽은 제대로 된 유통망을 가지고 있는 재벌 그룹과 연관이 있거나 능력이 뛰어난 경영자가 있어야 한다고!"

"당장 유통망이 필요한 것도 아니고 광고 역시 최소한으로 할 거예요."

"사업은 그렇게 주먹구구식으로 하는 게 아니야. 맛집처럼 일단 알려지면 사람들이 찾아오는 게 아니라고! 만약 너희들이 말이 맞아서 그 활력 포션이라는 것이 그렇게 대단한 상품이라면 더욱 그런 식으로 취급하면 안 돼! 사람들에게 널리 알려지기도 전에 다른 대기업에서 카피해서 대대적으로 광고를 하고 이벤트를 해서 시장을 선점해 버린다고."

"그런 제품이 아니라니까 그래요!"

"뭐가 그런 제품이 아니야! 내 투자와 추천을 수용하지 않을 거라면 당장 그만둬!"

누나와 언쟁을 벌이는 아버지의 생경한 모습을 가만히 지켜보던 바로의 눈빛이 깊어졌다. 그는 곰곰이 생각한 끝에 아버지 서 회장의 속셈을 읽을 수 있었다.

'아무리 생각해 봐도 이상해.'

모세호 아저씨는 아버지가 신임하는 인물이기는 하지만 회사를 경영해 본 경력은 없다. 기껏해야 아버지가 대주주로 있는 기업에서 전무이사로 재직하고 있을 뿐이다.

물론 중견급 기업의 전무이사로 3년 이상 근무했으면 회사를 경영할 능력은 충분하겠지만 어쨌거나 지금까지 기업을 운영해 본 것은 아니다.

그런 인물을 강력하게 추천한다는 것은 아버지에게 다른 속셈이 있다는 사실을 알려 준다.

'설마 우리 회사의 성공이 예약되었다고 확신하고 숟가락을 얹으려는 건가?'

한번 그렇게 의심하자 아버지의 급변한 태도를 이해할 수 있었다.

'너무 성급하게 회사의 비밀을 공개했네.'

개인적으로는 투자 감각이 뛰어나 자신과 누나에게 좋은 환경을 만들어 준 아버지를 좋아하지만, 이렇게 다른 상황에서 살펴본 아버지는 명백하게 자신들의 회사에 욕심을 내고 있었다.

바로는 아버지의 별명을 알고 있었다.

'기업 대원군.'

서 회장은 자신의 기업을 경영하는 쪽보다는 될 성부른 기업에 대규모 자금을 투자해서 높은 지분율을 확보한 후 자신만의 인물을 심거나 회유하는 방식으로 경영에 막강한 영향력을 발휘하는 유형이었다.

그럼 어떻게 사업의 성공을 확신하게 된 걸까?

'아! 김 소장님!'

서 회장이 가진 역량 중 가장 뛰어난 분야가 바로 정보력
이고, 두 자식이 모두 뛰어든다고 하니 해무리 제약에 관심
을 가지고 제반 정보를 수집했을 것이다.

자신도 헤븐힐에게 들은 후 조사를 해 봤는데 김용석 소장
은 생각 이상으로 제약 업계에서 유명한 인물이었다. 연구
개발 역량이 아주 뛰어나서 그가 귀국을 했을 때는 국내 유
수의 제약사들이 스카우트를 하려고 했을 정도다.

그런데 그런 인물이 회사만 넘기는 것이 아니라 자진해서
연구소장 자리를 맡는다고 하자 이 사업이 성공할 거라고 확
신한 것이 아닐까 싶다.

'게다가 김 소장님도 은행에서 대출을 받은 40억을 제외한
30억을 투자하기로 했지.'

물론 가온은 투자를 거부했지만 김 소장은 30억으로 지분
10%를 받는 것에 만족하며 정리가 되었다.

그뿐이 아니다. 네 연구원도 액수의 차이는 있지만 지분을
매입하고 싶다고 했고 그들의 계속된 부탁에 가온은 어쩔 수
없이 5억에 지분 1%를 주기로 했다.

만약 서 회장이 투자를 하기 전에 늘 하던 대로 저간의 과
정을 누군가를 통해 알아봤다면 활력 포션 사업의 성공을 확
신하지 않을 도리가 없었다. 그러니 이렇게 욕심을 부리는
것이다.

'이대로라면 가온 형과 헤븐힐 누나에게 폐만 끼치게 돼.'

게다가 자신은 어릴 때부터 봐 왔고 자신에게 너무 잘해 주었기에 처음에는 아무 생각이 없었지만 어릴 때부터 사람을 보는 눈이 남다른 누나의 판단도 그렇고 마음이 걸려 나름 알아보니 모세호 전무에 대한 소문은 상당히 좋지 않았다.

아버지가 대주주이며 모세호 전무가 근무하는 P&ST 컴퍼니에는 어릴 때부터 따라다니며 친해진 동네 형이 기획실에서 대리로 근무를 하고 있어서 나름 내부 사정을 잘 아는 편이다.

'형이 말하길 모 전무가 아버지의 후광을 믿고 자신이 차기 대표가 될 거라며 날뛴다고 했지.'

우호 지분을 합하면 현 대표보다 지분이 더 많다고 알려진 서 회장을 믿고 현재 회사에서도 대표나 다른 이사들과 날을 세운다는 말도 있었다.

'어쩌면 아버지의 지시를 받고 막대한 자금이 들어가는 차기 프로젝트를 반대하는지도 모르지.'

현 대표가 추진하는 프로젝트에 필요한 자금을 서 회장이 단독으로 댈 수 없는 상황이라면 자연스럽게 외부의 투자를 받아야 하고 그렇게 되면 지분율이 낮아질 수밖에 없었다. 그래서 모세호 전무가 차기 프로젝트를 앞장서서 반대한다는 말이 있었다.

그런 인물이 어떤 식으로든 경영에 참여한다면 사업은 처음부터 삐걱거릴 수밖에 없었다.

　바로는 이 상황을 타개할 수 있는 방법을 모색했지만 사회 경험이 거의 없는 그가 할 수 있는 건 하나밖에 없었다.

　바로가 일부러 인상을 찌푸리며 입을 열었다.

　"알겠어요. 그럼 난 포기할래요!"

　바로의 입에서 터져 나온 선언에 서 회장과 매디의 눈이 커졌다.

　"그게 무슨 소리야?"

　서 회장이 안경을 위로 올리며 물었다.

　"성공할 것이 확실한 기업에서 능력을 발휘하고 능력을 높일 수 있는 기회를 놓치는 건 너무나 아쉽지만, 아빠가 불안하다니까 사업에 참여하는 건 포기한다고요. 학교나 계속 다니죠, 뭐. 가온 형이야 내 자금이 빠져도 충분히 감당할 테니 자금 문제가 생길 것도 없고요."

　"……진심이냐?"

　어릴 때부터 자신을 닮아서 정보에 특화된 능력을 발휘해 왔으며 게임이든 뭐든 갓 스무 살에 무려 10억 원이라는 자금력을 확보한 바로가 이런 반응을 보일 거라곤 전혀 예상하지 못했는지 서 회장의 낯빛이 달라졌다.

　"진심이에요, 아빠. 자금 문제는 누나가 말한 대로 가온 형은 충분한 역량이 있어요."

　사실이다. 김 소장이 원료나 공정 등 생산 과정의 보안을 유지할 수 있으면서도 대량 생산이 가능한 생산 라인을 갖추기 위해서는 대략 100억 원 정도가 더 필요하겠다고 말하자 가온은 70억 원을 더 투자하겠다고 약속했다.

덕분에 지분율에도 변동이 생기게 생겼다. 자본이 200억으로 늘어나면서 연구원들의 지분은 그대로 유지하기로 했지만 헤븐힐과 매디는 각각 2.5%, 바로와 김 소장의 경우에는 5%로 줄어든 것이다.

"제가 누나와 맡기로 한 광고와 홍보 파트야 더 잘할 수 있는 인물들이 많을 테니, 형이나 해무리 제약에도 아무런 피해도 주지 않을 거예요. 어차피 제품도 형이 독자적으로 개발한 것이고, 제 지분 때문에 아빠가 사업에 간섭한다면 형과의 관계가 이상하게 될 것 같아요. 어차피 사업에 성공해서 큰돈을 벌려고 형에게 투자를 한 것도 아니고 불편한 관계가 되느니 차라리 형과의 관계를 이대로 유지하고 싶어요."

진심이 가득한 바로의 말에 서 회장은 아무 말도 하지 못했다.

"안 그래도 전혀 능력 검증이 이루어지지 않은 상태에서 형이 우리와의 친분을 고려해서 1억에 0.5%의 지분을 주었는데, 우리가 이렇게 폐를 끼칠 수는 없어요. 며칠 만에 150억을 투자할 수 있는 자금력을 보유한 형이 아빠의 말도 안 되는 투자 제안을 받아들일 필요는 전혀 없지요. 거기에 형과는 아예 안면도 없고 누나나 저마저도 신뢰할 수 없는 인물을 전문 경영인으로 영입할 리가 절대로 없어요. 이대로라면 형과 부딪힐 수밖에 없다고요."

"으음."

"어쨌거나 저나 누나가 아직 판매할 제품에 대해서 관여하거나 기여한 바가 전혀 없는 상태에서 아빠가 이렇게 나오면 첫발부터 삐걱거릴 수밖에 없어요. 가온 형이나 헤븐힐 누나와 나중에 얼굴을 붉히고 싶지는 않고, 그렇다고 아빠의 말을 거역하기도 힘드니 그냥 사업에서 빠질래요. 꼭 부자가되거나 큰돈을 벌기 위해서가 아니라 많은 사람에게 도움을 주기 위한 사업이라서 제 미래를 생각해서라도 좋은 경험이될 것 같아서 꼭 함께하고 싶었는데 어쩔 수 없지요."

바로의 말에 서 회장은 충격을 받았는지 눈을 끔뻑거리며 뭔가 고심하는 얼굴을 보였다.

'이제 고작 스물한 살에 불과한 청년이 그런 자금력을 가지고 있다고? 말도 안 돼! 분명히 누군가 뒤에 있어.'

따로 조사해 본 바에 따르면 그의 부모는 평범했다. 아버지 쪽은 중소기업 부장 출신으로 퇴직 후에 요즘 유행한다는 가상현실 게임이 푹 빠져 사는 것 같고 엄마는 직장을 다니지만 대기업과는 거리가 먼 회계사무소였다.

혼자 150억 원을 투자한 가온에게 겨우 50억으로 지분 50%를 내놓으라고 말했던 것을 떠올린 서 회장은 순간 얼굴이 뜨거워졌다. 매디와 바로가 아니었다면 험한 소리를 하지 않았을까 싶었다.

'설마 김 소장이 성공을 확신하는 그 음료에 대해서 아는 투자가가 따로 있는 걸까? 아니면 내 정보망에 걸리지 않은 인물이 그 청년의 뒤에 있는 걸까?'

서 회장이 그런 생각을 하고 있을 때 바로는 그사이에 누 나를 향해 열심히 눈짓을 했다.

알아들은 것인지 모르겠지만 잠시 후 매디가 입을 열었다.

"후유! 어쩔 수 없네요. 저도 포기할게요. 어차피 가온 씨 야 우리를 생각해서 투자를 받아 준 것이고 홍보나 광고 쪽 은 우리보다 더 능력이 뛰어난 전문가들을 구하는 것도 어렵 지 않으니 우리가 빠져도 문제가 없겠네요."

그렇게 말하는 매디의 얼굴에는 짙은 아쉬움도 느껴졌지 만 후련하다는 감정도 느껴졌다.

"그, 그게 무슨 소리야? 성공할 수 있는 사업이라며? 그럼 어떻게든 더 많은 지분을 확보하고 영향력을 키워야지!"

"그건 아빠 욕심일 뿐이에요. 투자도 가온 씨가 우리를 배 려해서 할 수 있게 해 준 것이고, 바로의 말대로 제품에 대해 서는 우리가 그 어떤 주장도 할 수 없는 상황이에요. 어떻게 개발했는지는 알 수 없지만 가온 씨가 혼자 힘으로 한 거니 까요. 거기에 본인이 막강한 자금력이 있는 상황에서 가온 씨가 과연 아빠 말대로 투자를 더 받으려고 할까요? 우리에게 말은 안 했지만 아빠의 꼭두각시인 것이 뻔한 인물을 대표로 앉히려고 할까요?"

"누나 말이 맞아요. 아빠가 착각하시는 것이 하나 있는데, 가온 형이 우리와의 정 때문에 챙겨 주는 것이지, 우리가 사업 준비 과정에서 자금 몇억을 투자한 것을 제외하고는 기여한 바가 전혀 없거든요."

"매디야, 바로의 말이 사실이냐?"

"확실해요. 아빠도 생각해 보세요. 대학을 졸업하고 광고 회사에서 채 1년도 안 되는 근무 경력을 가진 저나, 대학 초년생인 바로의 능력이 과연 사업에서 간절하게 필요할까요? 가온 씨는 그저 친한 우리를 위해서 투자할 기회와 일할 수 있는 기회를 주는 것뿐이에요."

"……정말 투자나 경영인이 없어도 되겠니?"

"지금으로서는요."

"끄응. 좋아. 내 얘기는 없었던 것으로 하자."

결국 서 회장은 사업에 대한 투자와 경영자 추천 건을 포기할 수밖에 없었다. 자신 때문에 딸과 아들이 인생에 있어 한 번 올까 말까 하는 기회를 놓칠 수 있었던 것이다.

'하지만……'

어쩔 수 없이 마음을 접기는 했지만 천문학적인 돈이 눈앞에 보이는데 이대로 포기할 수는 없었다.

'모 전무에게 직접 움직여 보라고 해야겠어.'

인성에 좀 문제가 있는 편이지만 모 전무는 원하는 것이 있으면 어둠의 경로를 포함한 모든 수단을 동원해서라도 얻는 인간이다.

'여차하면 막대한 자금력으로 흔들어도 되고.'

방법은 많았다. 무엇보다 현재 모세호가 전무로 있는 회사는 대표가 발악은 하고 있지만, 이미 서 회장의 손에 들어온 것이나 다름없다. 그러니 모 전무를 빼도 별일은 없을 것이다.

서 회장이 믿는 대로 모 전무가 능력을 발휘해서 해무리제약의 대표 자리를 차지한다면, 이제까지 그래 왔듯 회사채 발행과 유무상 증자를 통해서 가온이라는 친구의 지분율을 떨어뜨리고 종국에는 자신의 것으로 만들 수 있을 것이다.

'첨단 사업이라면 모르지만 식품 사업은 인맥으로 하는 거지.'

모계(謀計)에 밝은 모세호와 자신의 인맥 그리고 막대한 자금력이라면 족히 수십 년을 마음껏 채굴할 수 있는 금맥을 차지할 수 있을 거라고 서 회장은 생각했다.

시판

"하아! 정말 미치겠다!"

"차라리 미쳤으면 좋겠다. 그럼 이 짓 안 해도 되니까."

국내 굴지의 종합병원인 대성 의료법인의 한구석에 있는 작은 휴게실에는 인턴 동기 두 명이 눈을 감고 대화를 나누고 있었는데, 둘 다 떡진 머리에 다크서클이 길게 내려온, 피곤이 덕지덕지 묻은 얼굴이었다.

의과대학에서 6년 동안 힘겨운 공부를 끝내고 국시에 합격을 해서 본격적인 의사가 되었지만 1년간의 인턴 과정은 의사 생활에서 가장 힘겨운 시기다. 의사 생활을 하면서 가장 많은 지적과 비판 그리고 욕을 먹는 시기인 것이다.

대학에서 배운 지식은 풍부하지만 현장 경험이 없기 때문에 진단부터 시작해서 술기 등 처치에 이르는 모든 과정이 모두 힘겨운 것이다.

경험이 부족한 인턴이기 때문에 중요한 업무를 맡기지는 않지만 그래도 사람의 목숨을 다루는 일이기 때문에 군기가 세서 인턴은 한시라도 긴장을 풀면 안 된다.

그렇게 긴장한 상태에서 드레싱(소독), 처방, 콧줄이나 소변줄 처치, 동의서 받기, 컨퍼런스 준비, 수술방과 관련된 업무 등을 하다 보면 정신적, 육체적 한계를 느끼게 된다. 당연히 그 피로감은 말로 표현하기 힘들 정도다.

피곤해서 누우면 곯아떨어질 것 같은데 신경이 곤두서 있어 눈을 감아도 오늘 실수했거나 지적받은 일이 계속 떠오른다.

물론 이런 힘겨운 과정을 거쳐야만 진짜 의사라고 할 수 있는 전문의가 될 수 있지만 현재 그 과정을 이수하고 있는 인턴들은 정말 미칠 지경이다.

무엇보다 피로가 누적되는 바람에 컨디션이 엉망이 되어버려서 제대로 긴장해야 할 때 오히려 주의력이 떨어지는 경우가 왕왕 발생하는 것이 문제다.

두 사람은 이미 인턴 과정을 절반 이상 이수한 상태지만 이번 달은 응급의학과에서 근무하는 바람에 적응되기는커녕 이전보다 훨씬 더 심한 피로감을 느끼고 있었다. 이러다가 죽는 건 아닌지 모르겠다는 생각이 들 정도로.

그래서 이렇게 30분이라도 쉴 수 있는 시간이 귀중했다. 그야말로 턱까지 차오른 숨을 고를 수 있으니 말이다.

"아!"

두 인턴 중 강명후가 뭔가 생각이 난 얼굴로 며칠 전에 받은 택배 상자를 찾았다. 그리고 상자 안에서 뭔가를 꺼냈다.

"뭔데?"

강명호보다 더 초췌한 몰골을 하고 있던 이성호가 간신히 고개만 돌린 상태로 물었다.

"레노보 활력 포션이라고 사촌 누나가 나 마시라고 보냈다고 했어."

"포션? 게임에 나오는 그 물약?"

어릴 때부터 게임을 즐긴 젊은 층에는 포션이라는 단어는 무척 익숙했다.

"응. 누나가 새로 취업한 회사에서 생산하는 제품인데 육체 피로의 회복에 탁월한 효과가 있다고 했어."

"약이야?"

"아니. 건강 기능성 음료라고 했어."

"의약외품이라면 모르지만 그런 거 믿을 수 있나?"

의사라면 다양한 절차를 통해서 확실한 효과가 검증된 약이 아니면 신뢰하지 못한다.

의약외품은 약사법에 의해 관리되는 '질병의 예방 및 치료' 등과 관련된 제품으로 식품의약품안전처장이 지정하지만 건강 기능성 식품은 인체에 유용한 기능성을 지닌 원료나 성분을 사용해서 제조 가공한 식품을 말한다.

의약외품은 경미하게나마 질병의 예방이나 치료 효과가 있지만 건강 기능성 식품은 인체에 무해하다는 사실만 확인된 식품이라고 할 수 있었다.

"인삼과 마카 추출물이 주원료라니까 마시면 조금이라도 도움이 되겠지."

인삼과 마카는 의사의 길을 걷는 사람이 아니더라도 인정하는 건강식품이다.

"줘 봐."

"옛다!"

두 사람은 바로 뚜껑을 돌려서 땄다. 인턴 초기, 특히 초턴일 때는 각성 효과를 위해서 수시로 먹었던 자양강장제가 생각나서 쉽게 마실 생각이 들었다.

"캬아아!"

"맛은 괜찮네."

그렇게 레노보 포션을 마신 두 사람은 탁자에 엎드린 자세로 눈을 감고 몸과 정신의 긴장을 최대한 풀려고 노력했다.

그런데 30분 정도가 지났을 때 이성호가 순간 눈을 뜨더니 자리에서 벌떡 일어났다.

"뭐지, 이거?"

"뭔데?"

방금 전까지만 해도 죽어 가던 동기의 급작스러운 반응에 강명후가 더 놀라 물었다.

"가만!"

좁은 휴게실 안을 이리저리 걷다가 문득 주먹을 쥐어 본 이성호의 눈이 반짝거렸다.

"신기해! 몸이 가벼워진 것 같아. 뿌옇던 머릿속도 맑아진 것 같고. 오오오! 이거 효과 죽이는데!"

"그러고 보니 방금 전까지만 해도 손가락 하나 움직이는 것도 귀찮았는데……."

강명후 역시 달라진 몸 상태를 확인할 수 있었다. 푹 잔 것까지는 아니더라도 서너 시간은 족히 늘어져서 휴식을 한 것처럼 무거웠던 몸이 한결 가벼워졌다.

"대체 어디 제품이야?"

"해무리 제약이라는데……."

"이거 편의점이나 약국에서 구입할 수 있는 건가?"

"그렇지 않을까? 아니다! 누나가 그러는데 시판은 했는데 아직 유통망을 구축하지 않아서 당분간은 온라인으로만 판매한다고 했어."

"해무리 제약이라고 했지."

바로 해무리 제약의 홈페이지를 찾아 들어간 이성호는 회사 연혁은 그냥 쓱 훑어보더니 연구소와 관련된 내용을 꼼꼼하게 살피더니 환한 얼굴이 되어 여기저기 찾아보더니 10병들이 두 박스를 주문했다.

"내 사촌동생한테 선물하려고. 병당 3천 원이면 가격도 부
담스럽지 않고."

이성호는 자신을 쳐다보는 강명후의 시선에 그렇게 말했
다.

"사촌동생이 간호사인데 그쪽도 우리 못지않게 빡센 것
같더라고. 지난번에 집안 행사 때문에 봤는데 살이 쭉 빠졌
더라."

"아! 지역의 중규모 병원이라 태움과 같은 악습은 없는데,
업무 강도가 세서 힘들다고 했던?"

"맞아. 업무 강도도 세지만 3교대 근무인데 수시로 바뀌어
서 몸의 리듬이 완전히 망가지나 봐. 이걸 마시니까 금방 피
로가 풀리는 것이 도움이 될 것 같아. 타우린이 주성분은 아
닌 것으로 보아 간의 해독 기능을 높여 주는 쪽은 아니지만,
육체 피로를 풀어 주고 활력을 높여 주는 것은 확실해. 게다
가 홈페이지에서 해무리 제약의 연구소장을 확인했는데 김
용석 박사님이네."

"김용석 박사?"

"연구원 출신으로 이름만 대면 누구나 아는 글로벌 제약
회사의 수석 연구원까지 올라갔던 분이야. 제약 업계에서는
아주 유명해."

활력 포션을 그 유명한 김용석 박사가 연구소장으로 있는

해무리 제약에서 개발했다고 생각하니 신뢰가 높아졌다.

"그럼 나도 주문 좀 해야겠다."

강명후는 함께 고생을 하는 인턴 동기들을 떠올렸다. 배정받은 과에 따라서 정도의 차이는 있지만 다들 만성피로에 시달리고 있었던 것이다.

⟨⟩

헤븐힐과 매디 남매는 물론이고 김용석 소장을 비롯한 연구원들과 헤븐힐은 인맥을 통해 알게 된 인턴과 레지던트, 간호사, 프로그램 개발자, 경찰, 소방관 등 육체적인 피로도가 높은 직군의 인물들에게 선물을 빙자한 홍보용 활력 포션을 보냈다.

반응은 생각 이상이었다. 해무리 제약의 홈페이지에 접속해서 직접 주문을 해야 하는 소극적인 판매 방식이지만 하루가 다르게 판매량이 늘어나기 시작했다.

만일 대량생산 시설을 갖추었다면 광고 및 홍보에 더 많은 자금을 투자하고 온라인 플랫폼에 위탁판매를 하는 등의 방식을 취했겠지만, 하루 생산량이 1만 병도 안 되는 지금 상황에서는 오히려 이 방식이 더 적합했다.

선물을 빙자한 홍보를 시작한 지 정확하게 일주일이 지났는데 일일 주문량이 3천 병을 기록하자 내심 걱정을 했던 헤븐힐과 매디 남매도 비로소 환하게 웃을 수 있었다.

"이럴 때 기세를 살려야 하는데 아쉬워요."

바로는 기대한 것처럼 사람들이 활력 포션의 효능에 감탄했을 때 생산량과 판매량 모두를 늘려야 한다고 생각했지만, 생산량을 100배로 증가시킬 수 있는 전자동 생산라인을 갖추려면 아직 두 달은 더 있어야만 했다.

"나는 우리처럼 확실한 효과를 가진 제품을 보유했지만 대량생산을 할 수 있는 시설이나 유통망을 갖추지 못한 상태에서는 오히려 이런 방식의 영업이 더 효과적이라고 생각해. 예전에 광고 쪽 일을 하다가 숙취해소제에 대해서 알게 되었는데, 그 당시에는 전혀 광고나 홍보를 하지 않았음에도 접대를 위해서 술을 마셔야만 했던 영업사원들의 입소문 덕분에 엄청난 판매고를 올렸다고 하더라."

"나도 매디가 말한 기업에 대한 이야기를 들은 적이 있어. 어차피 대량생산이 가능한 라인이 설치되려면 두 달은 지나야 하니 그때까지는 이런 식으로 홍보를 하고 홈페이지를 통해서만 판매하자고."

가온도 그 얘기는 들었다. 당시에도 그 숙취해소제는 상당한 고가였음에도 불구하고 접대를 해야 하는 기업의 영업 담당들은 물론이고 당시 강남의 고급 술집 관계자들로 인해서 엄청나게 팔렸다고 했다.

'두 사람의 말이 맞아. 아직은 본격적으로 광고나 홍보를

할 때가 아니야.'

광고나 홍보 그리고 유통 분야는 자금을 투입하면 바로 효
과를 볼 수 있었다.

그보다는 더 신경이 쓰이는 문제가 있었다.

'헤드헌팅 회사에서 우리 회사를 어떻게 알고 먼저 인력
추천을 하는 거지?'

어제 오후 늦게 택산이라는 헤드헌팅 기업으로부터 전화
를 받았다.

내용은 제약 업계에 정통하고 경영 능력이 탁월한 인재들
에 관한 폭 넓은 정보를 가지고 있으니, 원하면 자신들이 스
카우트를 해 주겠다는 것이었다.

그리고 마침 해무리 제약에 적합한 전문 경영인이 있으니
만나 보지 않겠냐는 제의를 해 왔다. 당연히 거절을 했지만
영 마음이 불편했다.

그게 전부가 아니었다. 오늘 아침에는 이름만 들어도 알
수 있는 대형 투자회사에서 투자를 받지 않겠냐는 제의를 해
왔다, 그것도 100억 이상의 거금을.

이건 누군가 활력 포션과 전문 인력이 부족한 해무리 제약
의 현 상황에 대한 정보를 노출했다고 봐야 한다.

'서 회장의 짓인가?'

매디와 바로의 아버지이자 상당히 유명한 투자법인의 대
표이기도 한 서 회장이 전화로 말도 안 되는 얘기를 해서 불

편했지만, 그래도 상대의 마음이 상하지 않게 거절한 적이
있었다.

그 때문에 두 사람에게 관련된 얘기를 했고 하루 이틀 얼
굴이 좋지 않았다가 다시 정상이 된 것을 보고 해결이 되었
다고 생각했는데, 이런 문제가 생긴 것이니 의심을 하지 않
을 수가 없었다.

마음 같아서는 자신이 직접 나서서 조사를 하고 적의를 품
은 인물이 있다면 물리적으로 단죄를 하고 싶지만, 이곳은
무력을 쉽게 사용할 없는 지구다.

'이럴 때는 앙헬이 있어야 하는데.'

벼리나 다른 정령들이야 자신과는 별개의 존재로 살아갈
분신에게 더 필요하지만, 몽마인 앙헬은 꿈을 통하기는 해도
다른 사람의 생각을 읽을 수 있으며 정령과 비슷한 능력을
가지고 있어서 현실에서 이제 막 사업을 시작한 자신에게 더
필요했다.

앙헬이 있으면 활력 포션에 대한 사람들의 진짜 반응은 물
론이고 자신과 해무리 제약을 노리는 불특정 존재를 찾아내
는 것도 어렵지 않았다.

가온은 문제의 발생 가능성이 있는데도 기다리거나 두고
보는 성격이 아니다. 일이 터졌을 때 해결하는 것보다는 미
리 원인을 찾아서 제거하는 것이 어떻게 생각하더라도 깔끔
했다.

예지몽으로
히든랭커

물론 그럴 수 있는 능력이 있어야 가능한 일이지만 말이다.

'앙헬, 아직도 진화를 못 끝낸 거야?'

가온은 아쉬움에 한동안 생각도 하지 않았던 앙헬에게 의념을 보냈지만 역시나 아무 대답도 들려오지 않았다.

앙헬

그날 밤.

"주인님, 저 왔어요!"

꿈에 앙헬이 나타났다. 그런데 모습이 너무 매혹적이어서 잠시 아무런 반응도 할 수 없을 정도였다.

"지, 진화는 끝난 거야?"

"네. 이게 모두 주인님 덕분이에요."

진화를 한 앙헬은 날개는 물론 마족 특유의 꼬리도 사라져서 완벽한 인간처럼 보였는데 눈을 뗄 수가 없을 정도로 아름다운 외모에 다양한 매력을 발산하고 있었다.

가온은 모둔이 인간으로 처음 나타났을 때보다 더 충격을 받았다. 그 정도로 앙헬의 모습이 사정없이 그의 마음을 끌어당기고 있었다.

모둔의 경우 극미(極美)라는 표현이 어울릴 정도로 인간의 한계를 초월한 느낌을 주는 존재라면 앙헬은 완벽한 몸매와 색정적인 미모의 소유자로 눈짓이나 찡그리는 등 작은 움직임에도 마음을 흔드는 교태가 실려 있었다.

모둔에게는 감히 다가갈 수 없는 존귀한 격이 느껴지는 반면 앙헬은 자신도 모르게 매혹되고 마는 존재였다.

무엇보다 결정적인 차이는 이성을 매료시키는 매력이었다. 성숙미, 혹은 색기라고 표현하는 것이 작은 동작에도 짙게 묻어 나와서 비릿하면서도 달콤한 체향과 함께 가온을 매혹시켰다.

그래서 한순간도 눈을 떼지 못하게 만들었다. 거기에 자연스럽게 그의 품에 안겼는데 닿는 느낌은 물론 살결이 얼마나 부드러운지 아주 잠시라도 떼어 놓고 싶지 않았다.

가온은 꿈이라는 것도 자각하지 못하고 자신에게 안긴 앙헬의 도톰한 입술에 키스를 했고 자연스럽게 두 사람은 어느 결에 나타난 침대 위에서 서로를 끌어안고 서로의 육체에 푹 빠져 뜨겁다 못해서 하얗게 타 버릴 정도로 강렬하고 황홀한 사랑의 시간을 보냈다.

그렇게 얼마나 시간이 지났는지 모르겠지만 몸에서 탈력감이 느껴진 후에야 가온은 정신을 차렸다.

아직도 가쁜 숨을 토하면서도 떨어지기 싫다는 듯 땀에

젖은 향기로운 알몸으로 그의 몸을 칭칭 감고 있는 앙헬의 만족한 얼굴이 그에게 강한 자부심과 충만함을 느끼게 해주었다.

오랜만에 나타난 순간부터 앙헬에게 빠져들어 뜨거운 사랑의 행위를 나누었지만 이전과 다른 점도 있었다. 단순히 육체적인 만족감이 아니라 정신적인 충만감까지 느낄 수 있었던 것이다.

"주인님, 잠깐만요."

앙헬의 말이 끝나기 무섭게 잿빛 안개가 두 사람의 몸을 한번 휘감고 사라지자 땀에 젖은 몸은 물론 침대 시트까지 말끔해졌다.

"오래 기다린 보람이 있었네."

"호호호. 고마워요. 주인님 덕분에 이런 잔기술 말고도 몇 가지 능력을 더 개화시켰어요."

처음 듣는 것 같은 목소리도 너무 매혹적인데 방금까지 뜨겁게 사랑할 때만 해도 색기가 가득한 얼굴이었지만 지금은 조신하면서도 사랑스러운 인상으로 바뀌었다.

"새로 얻은 능력도 꿈과 관련된 거야?"

"그런 능력도 있지만, 꿈을 매개로 하지 않아도 인간의 생각을 알 수 있고 필요할 때는 대상을 미혹시켜 행동을 조종할 수 있는 능력도 얻었어요. 그리고 아공간도 엄청 커졌어요. 이젠 주인님이 원하는 건 뭐든 넣어서 보관할 수 있게 되었거든요. 무엇보다 분신을 통하지 않아도 제가 원하는 일을 해 줄 수 있는 수하들이 생겼어요."

"축하해."

그러고 보니 진화를 하기 전까지만 해도 명색이 서큐버스 퀸인데 수하가 없었던 앙헬이다.

앙헬이 자신의 권속이 되었으니 그녀의 수하들 역시 자신의 권속이나 마찬가지라서 가온에게는 좋은 일이다.

"주인님이 불러 주시지 않았다면 계속 혼몽(昏懵) 속에 빠져 있었을 거예요."

"왜?"

"전 마족이잖아요. 힘의 근원인 음기(陰氣)의 속성이 강한 마기인데 제 경우에는 주인님에게서 받은 양기(陽氣)의 양이 너무 엄청나서 균형이 깨져 버렸어요. 거기에 제가 모둔과 다른 정령들이 질투가 나서 욕심을 좀 부렸고요."

"무슨 욕심이기에?"

"저도 주인님과 항상 같이할 수 있는 인간의 육체를 가지고 싶었거든요."

자세한 건 알 수 없지만 대충 이해할 수는 있었다. 모둔 역시 그런 욕심을 가졌고 노력 끝에 결국 지금의 육신을 만들 수 있었던 것이다.

"실패한 거야?"

"실패한 건 아니고 힘의 조화를 이루지 못해서 지구 기준으로 2~3분 정도밖에 육체를 유지하지 못하는 거예요. 그 상태에서 무리하게 육체를 유지하려다가 어느 순간 정신이 혼미해졌으니까요."

그건 실패라고 할 수 없었다. 어떻게든 힘의 균형을 이루면 해결될 문제니까.

"주인님이 주신 양기의 양이 너무 많은 것도 문제지만 영력이 부족해서 생긴 일 같아요."

"영력이라고?"

익숙한 에너지가 언급되자 정신이 번쩍 들었다.

'왜 영력이 여기에서 언급이 되는 거지? 아! 앙헬도 마족이지!'

그러고 보니 마족을 처치했을 때 영석이 나왔었다.

"네. 마계나 선계와 같은 변이 차원에 뿌리를 둔 존재는 태어날 때부터 영력을 가지고 성장하면서 자연스럽게 늘어나요."

"영력은 마기와 다른 에너지야?"

"네. 마기는 연공이나 섭식 등으로 얼마든지 늘릴 수 있는 에너지지만 영력은 존재의 근원적인 에너지로 영력 수치가 낮으면 마기를 아무리 축적해도 제대로 다룰 수가 없어 마기 폭주로 인해서 존재가 소멸되어 버려요. 그리고 저의 서큐버스 일족처럼 영혼이나 정신과 관계된 능력을 사용하거나 차원을 간섭할 정도의 높은 능력을 발휘하려면 영력이 반드시 필요해요."

가온은 이제야 스킬 중 선술이 선계라는 차원에 연원을 두고 있다는 사실을 깨달았다. 선술 역시 영력을 사용하니 말이다.

얘기를 하다 보니 더욱 영력에 관심이 생겼다. 영력은 그가 익힌 스킬 중 가장 강력한 위력을 가진 선와술을 위해서 꼭 필요한 에너지였던 것이다.

아무래도 이 기회에 영력에 대해서 더 알아봐야 할 것 같다.

일단 영력이 어떤 에너지인지 알았으니 늘릴 수 있는 방법을 알아봐야 했다.

"그럼 영력도 늘릴 수 있는 거지?"

"그럼요. 다른 존재의 몸에서 직접 흡수하는 방법도 있고 보통은 죽는 순간 몸 안에 영력이 뭉쳐 만들어지는 영석을 먹는 방법으로도 늘릴 수 있어요. 마족끼리는 의뢰의 대가로 영력을 주고받기도 해요. 다만 그럴 경우 영력을 준 측은 영력이 회복되지 않아요."

그래서 마족이 몸 안에 영석을 가지고 있었던 모양이다.

"혹시 연공과 같은 방법은 없어?"

"정신력을 강화하는 수련을 통해서 영력을 높일 수 있는 것 같은데 안타깝게도 전 알지 못해요."

너무 아쉽다. 갓상점을 뒤지면 분명히 그런 종류의 연공법도 있을 테지만 원하는 목표를 달성하려면 포인트를 함부로 쓸 수 없었다. 이미 충분한 능력을 갖춘 분신보다는 본신인 자신에게 꼭 필요하니 더욱 그랬다.

"저의 경우 마계에 연원을 두기는 했지만 다른 차원에서 성장을 하다 보니 본래 가지고 있던 음기와 주인님에게서 받은 양기에 비해 영력이 적어서 두 에너지를 제대로 통제하지 못해서 소멸될 위기에 처했던 거예요."

어떤 사정인지 대충 알 것 같았다.

"영력만 있으면 제대로 된 육체를 구현할 수 있는 거야?"

지금 이 순간만큼은 현실에서도 항상 앙헬과 지내고 싶었다.

"그야 당연하죠. 하지만 그러기 위해서는 억 단위의 영력이 필요해요."

억 단위라니 기가 막혔다.

'나도 선와술이나 분신술을 사용하려면 영력이 필요해.'

선와술은 마나탄과 함께 그가 익힌 스킬 중 가장 효용성이 높아서 나중에 기회가 되면 반드시 익힐 생각인데 그가 보유한 영력은 겨우 66,000에 불과한 상황이다.

'아무래도 영석을 사용할 수밖에 없겠네.'

갓상점의 접속 권한은 영혼에 새겨지기 때문에 본신도 얼마든지 갓상점에 접속할 수 있다.

그래서 영석은 갓상점에서 구입할 수 있지만 만족할 정도의 영력을 쌓으려면 무지막지한 포인트가 필요했다. 당연히 목표를 달성하는 데 큰 차질이 생길 수밖에 없었다.

'결국 마족 던전을 공략해야겠네. 가온, 듣고 있지. 다른 던전보다 마족 던전에 집중해 줘.'

평소에는 분신과 별개의 존재처럼 살아가지만 언제든 의념을 통해 대화를 할 수 있었다.

일단 영력을 강화하는 문제를 분신에게 맡기자 진화한 앙헬에게 부탁할 일이 떠올랐다.

"앙헬이 해 줄 일이 있어."

"뭐든 말씀하세요."

가온은 마음에 걸리는 일에 대해서 상세하게 말해 주었다.

"알아볼 수 있겠어?"

"당연하죠. 대상이 정해져 있으니 그리 어려울 것 같지 않아요. 서큐버스들에게 영력을 좀 나눠 주고 알아 오라고 하면 되니까요."

앙헬의 대답을 듣자 마음이 놓였다.

"수하를 부리는 데 영력이 필요해?"

"네. 퀸인 저와 달리 일반 서큐버스는 마계가 아닌 다른 차원에서 움직이려면 영력이 반드시 필요요."

"스킬 때문에 영력이 필요한 건가?"

"상대의 영혼에 관여하는 건 스킬이 아니라 우리 일족에게 부여된 권능이에요. 일의 경중에 따라서 다르지만 이 정도의 일을 시키려면 영력 100은 주어야만 해요. 그래야 10 정도가 남거든요."

꿈을 통해서 대상의 생각을 파악하거나 세뇌 혹은 기억의 조작과 같은 능력은 서큐버스 일족이 태어나면서부터 발휘할 수 있는 권능이란 얘기다.

"하지만 또 다른 근원 에너지라고 할 수 있는 정(精)을 흡수하는 일은 영력을 안 주어도 돼요."

"그건 또 왜 그렇지?"

"육신과 자아가 있는 존재가 성교를 통해서 방출하는 정은 영력과 마기로 전환할 수 있는 에너지라서 그래요. 특히 성경험이 없을 경우 정의 농도가 짙어서 흡수할 수 있는 에너지의 양이 많아요. 목표의 꿈속에 들어가서 대상에게 익숙하거나 꿈꿔 온 환경을 만들고 유혹하는 데 소모되는 영력을 제외하고도 추가적으로 영력과 마기를 얻을 수 있어요."

그래서 숫처녀나 숫총각이 꿈속에서 정사(情事)를 경험하는 경우가 많은 모양이다.

"지금 앙헬이 보유한 영력이 얼마나 돼?"

"수치화시키면 대략 3만 정도 돼요."

생각보다 훨씬 더 적었다.

"영력도 휴식을 하면 다시 차는 거지?"

자신의 경우는 그랬다.

'아니, 다른 육체라 어떨지 모르겠네.'

"휴식은 모르겠지만 시간이 지나면 다시 채워지는 건 맞는데, 마나나 마기에 비해서 조금 오래 걸려요."

"곧 좋은 소식이 있을 테니 기다려 봐."

"호호호. 주인님만 믿을게요. 그나저나 지금 몸으로는 다른 정령들이나 모둔은 안 부르실 거죠?"

정령들이나 모둔은 자신의 영혼에 귀속된 존재이기 때문에 불러도 상관은 없었지만 지구에는 정령력이 희박해서 오래 활동하기도 힘들 뿐 아니라 지금은 그들의 능력이 필요하지 않았다. 물론 벼리나 알테어의 경우는 다르지만.

"그들은 나보다는 분신에게 더 필요해. 무엇보다 그쪽 차원이 성장하기에 더 나은 환경을 가지고 있거든."

"다행이다. 당분간이지만 주인님을 독점할 수 있게 되어서 너무 좋아요!"

앙헬이 가온의 단단한 가슴에 얼굴을 비벼 대면서 몸까지 흔들었다.

"풋! 그렇게 좋아?"

"네! 정령들도 그렇지만 모둔은 제가 주인님에게 해로운 존재라도 되는 것처럼 가까이 오지 못하게 막았거든요."

그런 일이 있었는지는 모르지만 자신을 사랑하는 모둔이라면 그러고도 남았다.

"앞으로는 분신을 통해서라도 흡정을 하지 않았으면 좋겠어. 정이 필요하면 내가 내줄 테니까."

"무슨 마음인지 알 것 같아요. 주인님은 제가 사랑하는 유일한 존재예요. 주인님을 제외한 그 어떤 대상과도 정신적, 육체적 사랑을 나누지 않겠다고 맹세할게요."

이미 자신에게 귀속된 존재였지만 그 맹세로 인해서 둘의 영혼이 이어진 끈은 더욱 단단해졌다.

자처해서 구속을 선택한 앙헬이지만 얼굴에는 뿌듯함과 행복감이 느껴졌다.

"아름답고 사랑스럽네."

어느새 회복이 된 젊고 강건한 육체가 반응을 보였다. 매혹적인 여체가 달라붙어서 꿈틀거리니 자극을 받은 것이다.

확실히 서큐버스퀸답게 성적인 매력이 강렬했다. 그 어떤 향수보다 피를 끓어오르게 만드는 짙은 체향과 투명한 피부 그리고 보는 각도에 따라서 달라지는 이목구비는 앙헬이 인간 여성이 아니라는 사실을 잘 알려 주고 있었다.

하지만 가온에게 가장 매력적인 부위는 바로 눈이었다. 보기만 해도 영혼까지 끌어당기는 보석 같은 눈은 색정적인 빛을 발출하고 있었지만 그를 향한 순수한 애모의 감정이 담겨 있었다.

이미 정령이었던 모둔을 사랑하고 자신의 여인으로 받아들인 가온에게 있어 앙헬이 마족이라는 사실은 별로 문제가 되지 않았다.

무엇보다 진화를 한 앙헬은 세상 모든 남자가 사랑하고 싶어 할 정도로 치명적인 미모와 매력을 가진 여자였다.

또다시 입을 맞춘 가온과 앙헬은 다시 뜨거운 사랑의 행위
에 빠져들었다.

⁂

다음 날 새벽.

잠에서 깬 가온은 옆구리가 허전했지만 이내 털어 버리고
거실로 나가서 아니테라에서 하던 루틴대로 체술로 몸의 관
절과 근육을 풀어 주고 명상과 연공을 마쳤다.

샤워까지 하고 나니 몸도 정신도 아주 개운했다.

'다른 날보다 훨씬 더 몸이 가볍네.'

아무래도 쌓여 있던 정을 방출해서 그런 것 같다는 생각이
들자 자연스럽게 꿈에서 뜨거운 사랑을 나누었던 앙헬이 떠
올랐다.

'이성적인 판단을 제대로 할 수 없는 꿈이 아니었더라도
거부할 수 없을 정도로 너무 매력적인 여자가 되어 버렸어.'

꼬리가 사라져서 그런지 마족이라는 생각도 전혀 들지 않
았다.

그때였다. 앙헬이 가온의 앞에 나타났다.

ㅡ호호호. 제 생각을 하고 계셨다니 너무 기뻐요!

'앙헬?'

ㅡ네. 좋은 아침이에요.

'그, 그래. 그런데 이렇게 현신을 해도 되는 거야?'

지금의 모습이 너무 과감해서 집 안임에도 불구하고 주위를 둘러봤다. 마치 속옷만 입은 것처럼 노출이 심한 복장이었던 것이다.

ㅡ현신한 것은 아니에요. 주인님만 볼 수 있으니까요. 일종의 정령체라고 할 수 있죠.

지구에는 정령력이 거의 없기 때문에 카오스를 비롯한 정령들을 불러내기가 힘들었는데, 앙헬은 그렇지 않아서 다행이다.

'혹시 뭔가 알아낸 거야?'

ㅡ네. 어제 주인님이 명령을 내린 직후에 서태수와 모세호에게 서큐버스들을 보냈거든요.

'그럼 흡정도 한 거야?'

ㅡ네. 서태수의 경우에는 주인님과 관련된 생각만 읽었지만 모세호의 경우에는 쉽게 흡정을 했대요.

서 회장이야 나이가 있어 성욕도 강하지 않았을 테고 오랫동안 사업을 해 온 인물이니 의지가 강해서 꿈속이라고 해도 서큐버스에게 쉽게 유혹당하지 않았을 것이다.

'그래, 서 회장의 생각은?'

ㅡ두 가지 계획을 가지고 있어요. 하나는 모세호를 해무리제약의 대표로 만들어 장기적으로 회사를 장악할 생각이에

요. 그 방법으로 자신이 운영하거나 영향력을 행사하는 투자회사들의 투자 제의에 따른 조건으로 모세호를 전문 경영인으로 앉히는 방법과 다양한 헤드헌팅 업체들의 추천을 통해서 그를 대표 자리에 앉히는 거예요.

피식!

'그래서 뜬금없이 투자회사의 투자 권유나 헤드헌팅 회사들의 인재 추천 전화가 온 거네.'

어느 정도 예상은 했었다.

'나머지 하나는?'

–만약 그런 시도에도 주인님이 전혀 흔들리지 않는다면 활력 포션에 대한 정보를 빼내어 글로벌 식음료 기업이나 제약 기업에 넘기는 대신 지분을 받을 생각이에요.

'매디나 바로를 이용하려는 건가?'

–그건 아니에요. 두 사람은 해무리 제약에 대한 서 회장의 태도에 크게 실망을 했고 경계를 하고 있는 상황이거든요.

'그럼?'

–공장장과 접촉할 수 있는 방법을 알아보고 있어요.

'공장장?'

확실히 공장장이라면 일반적인 경우 제품의 핵심적인 정보를 빼낼 수 있는 자리였다.

김천수라는 이름의 공장장은 그리 인상적이지 않은 평범한 인물로 기억하고 있다. 그저 회사가 넘어갔음에도 자신의 자리를 보전한 것을 다행으로 생각하고 자신의 직무를 이전과 마찬가지로 열심히 하는 인물이었다.

ㅡ어떻게 할까요? 서태수의 정신력이 높기는 하지만 제가 직접 나서면 주인님이 원하시는 결과를 만들어 낼 수 있어요.

'서 회장이 이렇게까지 하려는 이유는 우리의 활력 포션이 그만큼 대단하다는 거겠지?'

ㅡ네. 서 회장은 제대로 된 전문 경영자와 대규모 투자가 있으면 핑크볼처럼 전 세계 음료시장을 아우를 수 있다고 생각하고 있어요.

'욕심이 큰 양반이네.'

ㅡ맞아요. 그동안 투자회사를 운영하면서 자신도 갑질을 해 왔지만 투자자들에게 갑질을 당해서 그런지 경제계에 막강한 영향력을 발휘하는 기업군을 거느린 그룹 총수를 꿈꾸고 있어요.

엄청난 자금을 다루고 있지만 자신의 돈이 아니라면 영향력을 제한적일 수밖에 없었다. 그러니 자연스럽게 한국은 물론 전 세계의 정재계에 막강한 영향력을 발휘하는 그룹 총수를 꿈꾸는 것이리라.

'사실 성공이 예약된 만큼 나 역시 천문학적인 자금을 투입해서 전 세계의 포션 시장을 장악하고 싶어.'

하지만 지금 자신의 자금력으로는 할 수가 없었다. 벼리가 그와 만난 초기에 주식과 코인 거래를 통해서 엄청난 돈을 만들어 두었지만 그 정도로는 어림도 없었다.

그렇다고 투자를 받는 것도 꺼려졌다. 서 회장이나 그가 추천하는 투자회사의 투자를 받으면 가능할 수도 있지만 그렇게 되면 지분율이 크게 낮아져서 나중에 제대로 자신의 의견을 낼 수도 없고 종국에는 회사에서 쫓겨나게 될 것이다.

마음 같아서는 앙헬의 능력을 이용해서 정신을 붕괴시켜 버리고 싶었지만, 어쨌거나 그는 매디와 바로의 아버지이니 그럴 수는 없었다.

'일단 생각 좀 해 보자.'

지금 당장은 서 회장이 문제지만 활력 포션이 널리 알려지면 해무리 제약을 노리는 곳이 한둘이 아닐 것 같으니 좀 더 생각을 해 봐야 할 것 같다.

일단 서 회장에 대한 처리는 보류했지만 모세호라는 인물은 궁금했다.

'바로도 언급할 정도면 능력은 있는 인물이겠지?'

—생각하기에 따라서 달라요. 업무 능력은 어느 정도 인정을 받고 있지만 인성과 처신에 많은 문제가 있어요.

'어떻기에?'

—일단 목표를 위해서는 수단과 방법을 가리지 않아서 윗사람의 경우 능력이 뛰어나다고 생각할 수 있어요. 그리고 윗사람에게는 아부를 하면서 아랫사람들을 쥐어짜서 실적을

올리는 스타일에, 경쟁자라고 판단하면 모계를 사용해서 무너뜨리는 성향을 가지고 있어요.

'내가 제일 싫어하는 스타일이네.'

가온뿐 아니라 직장 생활을 하는 이들이 가장 싫어하는 유형의 동료나 상사일 것이다.

—그래도 조직에서는 그런 스타일이 먹히는 것 같아요. 일단 주주들의 입장에서는 실적과 수익률을 올리는 것이 가장 중요하거든요. 서태수도 그래서 그의 능력을 높이 평가하고 있고요. 자신의 심복으로 생각할 정도예요.

'모세호의 생각도 그래?'

—아니요. 그가 진정으로 감복하고 충성하는 인물은 없어요. 그는 사람을 자신이 이용할 수 있는 인물인지 아닌지로만 판단하는 성격이에요. 이용할 수 있다 싶으면 간이라도 빼 줄 것처럼 굴고 이용할 가치가 없다고 판단하면 쓰레기 취급을 해요. 지금까지 자신을 신뢰하는 이들의 뒤통수도 여러 번 쳤고요.

'하아! 서 회장 정도면 사람 보는 눈이 있을 텐데 어떻게 그런 인물에게…….'

—그 또한 자신의 정보망에 큰 투자를 하고 있어요. 그래서 현 회사의 거의 모든 정보를 쥐고 있고요. 대표를 비롯한 임원진도 알지 못하는 정보들까지요. 그러니 그를 밀고 있는 대주주인 서 회장의 신임을 받을 수밖에 없어요.

'어쨌거나 능력은 있네.'

정보의 중요성은 굳이 언급할 필요가 없다. 그만큼 현대는 정보가 중요한 세상이니 말이다.

─그런데 그가 정보를 수집하는 방법이 문제예요. 정보원으로 점찍은 인물들의 약점을 캔 후에 대가 없이 요구하는 방식이거든요. 게다가 자신이 직접 나서지 않고 심복처럼 부리는 인물들을 중간에 내세우기 때문에 쉽게 꼬리를 자를 수 있어요.

교활하다는 말이 어울리는 인물인 것 같다.

'혹시 그의 약점도 파악했어?'

─호호호. 당연하지요. 그동안 그가 빼돌린 공금만 해도 수십억에 이르고 승진을 위해서 경쟁자를 고꾸라뜨리기 위해서 했던 공작의 내용도 파악했어요. 그리고 승진을 미끼로 부하 직원의 아이디어를 빼앗은 경우나 성희롱을 한 사례는 부지기수이고 잠자리를 요구한 사례만 해도 열 건이 넘어요.

그런 인물이라면 굳이 자신과 연관이 되지 않았더라도 그냥 두고 볼 수가 없다.

'그럼 앙헬이 그자를 파멸시킬 수 있는 결정적인 증거들을 파악해 줘. 할 수 있지?'

그런 인물이라면 자신의 행동에 정당화를 시켜서 죄의식도 못 느낄 테니 꿈을 통해서 정신을 피폐하게 만드는 것도 좋은 방법이지만 범죄자인 만큼 사회적으로 매장을 시키는 것이 더 좋을 것 같았다.

－어려울 것 같지 않아요. 그에게 당한 사람들 중 몇 명은 복수를 위해서 이를 갈고 있거든요. 그들을 조사하면 증거가 되는 자료를 찾을 수 있을 것 같아요.

'좋아. 도움이 필요하면 바로 얘기하고. 아! 그자를 손보면서 서 회장과 연관이 있는 부분이 드러내게 할 수 있을까?'

－서 회장의 비호를 받으며 못된 짓을 많이 했기 때문에 그자의 행위가 공개되면 서 회장도 어차피 엮일 수밖에 없어요.

'좋아. 그 부분을 염두에 두고 피해자들을 찾아봐.'

－네, 주인님. 그런데 오늘 밤 꿈에 찾아가도 돼요?

이제까지와 달리 앙헬이 조심스러운 얼굴로 물었다.

가온은 고개를 끄덕였다. 분신이야 모둔부터 시작해서 많은 여인들이 있지만 현실의 자신은 아니테라의 수련으로 인해 최고의 상태인 육체로 인해서 끓어오르는 성욕을 풀고 싶어도 풀 수가 없는 처지였다.

게다가 자신도 어쩔 수 없는 남자인지 꼬리와 같은 마족 고유의 상징물이 사라지고 인세에서는 볼 수 없는 빼어난 미모와 매력에, 자신에 대한 순정을 가지고 있다고 생각하니 달리 생각할 수밖에 없었다.

이틀 후.

오늘도 일찍 출근한 기획팀 김준서 대리는 습관처럼 사내 인트라넷에 접속했다. 요즘은 부서 회의 대신 인트라넷으로 업무 지시나 현황에 대한 내용을 알리기 때문이다.

"별건 없네."

곡물부터 시작해서 육가공 제품의 수출입과 유통까지 취급하는 P&ST 컴퍼니는 회사 규모는 중규모에 해당하지만 식량 안보가 강조되면서 국내에서는 상당한 인지도와 영향력을 가지고 있었다.

매출이나 순이익도 높은 편이라서 흔히 강소기업이라고 부르지만 업무 강도에 비해서 급여 수준은 대기업과 비교하면 크게 손색이 있었기에 직원들의 만족도는 그리 높지 않았다.

자신의 업무와 관계된 내용을 확인한 김 대리는 잠시 자리에서 일어나 몸을 풀었다.

새벽 2시까지 어나더 문두스를 플레이했기 때문에 무척 피곤했기 때문이다.

그래서 평소 같으면 바로 업무를 시작했을 테지만 오늘은 자유게시판에 들어갔다.

자유게시판은 말 그대로 P&ST 컴퍼니의 임직원들이 특정한 주제 없이 수다를 떨 수 있는 장소였는데 게시자의 IP를 확인할 수 있기 때문에 민감한 내용은 전혀 올라오지 않는다.

그래도 유머가 있는 사람들이 피식 웃고 넘어갈 수 있는 가벼운 내용을 올리기에 복잡한 머리를 식히거나 휴식을 위해 들여다보는 경우가 꽤 많았다.

늘 그렇듯 내용은 많지 않았다. 자칫 회사 쪽에서 문제를 삼을 수 있는 내용을 올리는 바보는 없었다.

그런데 오늘은 눈에 확 띄는 제목이 있었다.

─상사에게 성추행에 이어서 잠자리 요구를 받았는데 어떻게 처신해야 할까요?

제목이 너무 자극적이다.

'아직도 이런 짓을 하는 놈이 있다고?'

기업의 성 윤리가 강화되고 수많은 처벌 사례가 나왔다. 그래서 요즘은 아주 작은 기업이 아니면 이런 일은 거의 발생하지 않는다.

'설마 우리 회사에서 일어난 일은 아니겠지?

호기심이 폭발한 김 대리는 급하게 클릭을 했다.

내용은 제목과 동일하게 짧았지만 녹음 파일 하나가 올라와 있었다.

'호오! 파일까지 있다면 이건 빼박이네!'

파일을 다운로드하고 듣던 김 대리의 입이 떡 벌어졌다.

"대박! 모세호 전무 목소리잖아! 이거 완전히 미쳤는데!"

분명히 자신이 익히 알고 있는 모 전무의 목소리가 맞았다.

상대는 누군지 알 수 없도록 직위와 관계된 단어는 무음 처리가 되어 있었지만 내용은 확실히 잠자리를 요구하고 있었다.

"……기분 나빠 하지 마. 내가 아주 오랫동안 ---를 좋아했어. 회식 때 내가 몇 번이나 내 마음을 얘기한 건 기억나지? 우리가 비록 이렇게 회사라는 조직에서 만났지만 나는 ---이 내 운명의 여자라고 생각하고 있어."

"이, 이러시면 안 되는 거 아닌가요? 소, 손 빼세요!"

"에이, 자기도 좋으면서 뭘 그렇게 예민하게 굴어. 내 말만 잘 들으면 이번 인사에서 ---으로 승진할 수 있어. 내가 가진 파워는 알지? 대표는 허울이야. 내가 실제 대표나 다름 없다고. 자네와 나만 입을 다물면 누가 우리가 사랑하는지 알겠어? 나도 이 나이에 이렇게 누군가를 미칠 정도로 사랑하게 될 줄은 몰랐다고."

"하지만 전 그럴 생각이 전혀 없어요. 아시잖아요. 전 남편도 있고 아이도 있다고요."

"나는 없나? 나도 쉽게 가정을 깰 수는 없어. 그러니까 이렇게 가끔 기회가 되면 사랑을 나누자고. 지금 나와 같이 호텔로 가자. 비록 결혼은 할 수 없지만 원 없이 사랑해 줄게."

"안 돼요! 전 그럴 생각이 전혀 없어요! 전무님이 이러시는 거 회사에 다 알릴 거예요! 제발 이러지 마세요! 제 치마에서 손 좀 빼 주세요! 아파요!"

"어허! 가만히 있어. 그리고 알려 봐야 소용없어. 증거도 없는데 누가 자네 말을 믿겠어? 설사 문제가 된다고 해도 실질적인 대표인 나보다는 ---가 더 크게 다칠 거야. 회사는 물론 가정을 유지하는 것도 어렵지 않을까? 어때? 말과 달리 몸은 움찔거리는 것이 흥분한 것 같은데, 바로 호텔로 이동하자고."

"제발 이러지 마세요! 아아악!"

녹음된 대화는 그게 끝이었는데 병 따위가 바닥에 떨어지는 소리와 문이 닫히는 소리가 더 이어졌다.

상황이 머릿속에 그려졌다. 누군가 전무에게 성추행을 당했고 잠자리 요구까지 받았지만 거부하고 도망친 것이 분명했다.

"이, 이거 완전히 미친놈 아니야?"

김 대리의 입에서는 더 이상 전무라는 호칭이 나오지 않았다.

그런데 이게 끝이 아니었다. 누군가의 녹음본을 들은 충격이 미처 가시기도 전에 새로운 게시물이 올라왔다.

－회사를 좀먹고 있는 벌레의 공금 유용 및 횡령을 공개합니다!

바로 확인해 보니 이번에도 내용은 따로 없고 녹음 파일이 올라와 있었다.

"이렇게 지급하라고."

"그, 그렇지만 최초 견적서에 기재된 금액과 전혀 다릅니다."

"그래서 수정된 견적서를 가지고 왔잖아. 이건 대표님이 아니라 내가 전결이니까 자네는 최초 견적서를 못 본 것으로 넘어가면 돼. 그럼 내가 알아서 챙겨 주지."

"……아무리 그러셔도 금액이 너무 차이가 납니다. 세 배 가까운 금액입니다. 서, 설마 이거 리베이트입니까?"

"그걸 이제 알았나. 다들 이렇게 해. 문제 될 것은 하나도 없어."

"이건 회사에 손해를 끼치는 불법적인 행위입니다. 전 못합니다."

"그럼 회사 그만둬야지."

"그만둘 사람은 전무님입니다. 이 건, 반드시 공개할 겁니다."

"푸하하하. 이 친구, 회사 생활이 얼만데 아직도 세상 돌아가는 이치를 모르나. 자네도 자신의 인사고과가 형편없는 거 잘 알고 있지. 그걸 내가 밀어붙여서 승진시킨 거야. 그래서 대표 쪽에서도 자네를 내 라인으로 알고 있고."

"……그건 감사하게 생각하지만 그래도 이건 아닙니다."

"뭐가 아니야? 대표보다 지분이 더 많은 서 회장님이 내 뒤에 있어. 설령 문제가 되더라도 그분이 나서 주실 거야. 그리고 이건 자네만 알고 있어. 지금 자네가 해야 할 일은 실질적인 사주나 다름없는 그분을 위해서 마련하는 비자금과 관계된 거야. 다른 회사에서도 다 이렇게 비자금을 만든다고. 자네도 더 위로 올라가야지. 현재 직위에 만족하면 안 되지 않나?"

"아무리 전무님 전결 건이라고 해도 어떻게 30억이나 더 지급합니까? 누가 봐도 이상하다는 사실을 알 수 있다고요!"

"아니야. 이상하게 생각할 사람은 없어. 자네만 제외하면. 이미 다 끝난 일이라고."

"전 간이 작아서 못 합니다."

"그럼 회사를 그만둬야지. 자네 자리를 노리는 직원들은 많아. 그 정도 나이가 되면 모르나? 회사라는 조직에서 자네와 같은 부품은 언제라도 갈아치울 수 있어. 자네가 그만둔다고 이 회사가 영향을 받을 것 같은가? 자네가 이 건을 공개한다고 해서 내가 결정적인 불이익을 받을 것 같은가? 그리고 내가 이 말은 안 하려고 했는데, 작년에 오성식품과의 거래에서 자네가 실수를 하는 바람에 회사에 큰 손실이 발생한 거 내가 묻었어. 이 건에 문제가 생긴다면 회사는 그 건으로 자네에게 손해배상을 요구할 거야. 그럼 자네가 소송에서 이기든 지든 퇴직금은 물론 현재 자네와 아내 그리고 아이가 살고 있는 보금자리까지 날아가겠지. 뭐 나야 이미지에 좀 타격을 받겠지만 서 회장님이 뒤에 계시니 별문제는 없을 테고. 그래도 고집할 텐가?"

"……아무리 그러셔도 전 못 합니다."

"이런 고집불통 같으니라고! 에잉! 그래 사표 써서 가지고 와!"

김 대리는 이 목소리의 주인공을 알고 있었다. 작년 겨울에 퇴직한 자금부의 최 과장이었다.

'뭐 이런 새끼가 다 있어! 이건 완전히 범죄자잖아!'

안 그래도 전무이사가 대표나 다른 이사들을 무시하고 거만하게 굴어서 인식도 좋지 않았는데 이런 짓을 하고 있을 줄이야.

'가만! 이 게시물들을 모 전무도 봤을까?'

아니다. 모 전무는 오늘 남미 쪽 육가공 업체와 미팅이 있어서 부산으로 출장을 갔는데 접대가 있는지 혼자 내려갔다.

그제야 웅성거리는 소리가 들려 주위를 둘러보니 직원들이 삼삼오오 모여서 얘기를 하고 있었다.

 '난리가 났네.'

 김 대리는 정말 궁금했다. 과연 이런 짓을 한 모 전무가 회사의 대주주인 서 회장이라는 뒷배 덕분에 무사할 수 있을까?

 모세호 전무의 불법행위를 폭로한 사람은 계속 나왔다. 마치 서로 말을 맞추기라도 한 것처럼 하루에 폭탄처럼 쏟아진 것이다.

 폭로만으로 끝나지 않았다. 다섯 명은 성추행과 성폭행으로, 세 명은 업무상 위계에 의한 부당 행위 강요로 고소를 한 것이다.

 물론 그 여덟 명은 모 전무와 얽힌 사건에 대한 녹음본 등 증거를 가지고 있었지만 협박 때문에 혹은 용기가 없어서 망설이고 있다가 꿈을 통해 모 전무에 대한 분노의 감정을 최고조로 올리거나 용기를 북돋운 앙헬로 인해서 폭로와 고소를 진행한 것이다.

 혼자서는 모 전무의 협박을 이겨 낼 자신이 없었지만 한 명이 사내 인트라넷에 모 전무의 불법행위를 폭로하자 자극을 받아 자신 역시 폭로를 했고, 자연스럽게 붙은 댓글을 통해 사내 여론을 확인하고 고소를 진행했다.

P&ST 컴퍼니의 대표는 긴급 이사회를 열어서 모세호 전무를 고발하는 한편 업무를 정지시켰고, 별도로 모 전무가 유용하거나 횡령한 공금에 대한 소송을 진행하기로 결정했다.

경찰은 사안의 중대성을 인식하고 바로 움직여서 부산에서 모세호 전무를 체포해서 구속 수사에 들어갔다. 위계에 의한 성추행이나 성폭행도 문제지만 유용하거나 횡령한 공금의 액수가 워낙 컸다.

이런 움직임에서 가장 큰 타격을 받은 사람은 바로 서태수 회장이었다.

"하아! 이런 저열한 놈일 줄이야. 이래서 검은 머리 짐승은 거두는 것이 아니라고 했는데……."

모세호가 자신의 이름을 팔아서 공금을 유용하고 횡령했으며, 실질적인 대표로 행세하며 성희롱부터 시작해서 오만방자하게 굴었던 내용을 확인한 서 회장은 하루 사이에 10년은 늙은 것 같았다.

그냥 이미지에만 타격을 받은 것이 아니다.

녹음 파일에 자신이 지시를 해서 비자금을 만들려고 했다는 내용이 있었기 때문에 당장 경찰에서는 모세호의 뒷배로 공공연히 알려진 서 회장의 지시를 받고 움직인 것인지 조사를 할 것이 분명했다.

그렇게 되면 서 회장이 운영하는 투자회사도 타격을 받지 않을 수 없었다.

아무리 그가 부인을 해도 모세호가 그의 이름을 팔고 다녔기 때문에 공금 유용 및 횡령 건들에 대해서는 관련이 전혀 없다는 사실을 증명해야만 했다.

문제는 서 회장이 평소에 심심치 않게 모세호에게 선물을 빙자한 상납을 주기적으로 받아 왔다는 사실이다.

문제가 없는 돈이라고 해서 별생각 없이 받았는데 이것이 빼도 박도 못하는 증거가 되게 생겼다.

'내가 알고 있었던 모세호라면 나를 언급하지 않을 테지만 지금은 자신할 수 없어!'

일단 법률적인 조언부터 받아야만 했다.

'회사도 문제군. 위기야!'

모세호와 서 회장의 관계를 잘 알고 있는 전주들은 벌써 맡긴 자금을 빼겠다고 요구를 해 왔는데, 벌써 세 건이 넘었다. 아직 대형 전주들은 움직임이 없지만 조사가 진행되면 달라질 수도 있었다.

'잘못하면 망하는 것이 아니라 교도소에 가야 한다!'

급하게 도와줄 사람을 찾았지만 마땅한 인맥이 없었다. 평소에는 그렇게 인맥을 자랑하던 서 회장이지만 결정적일 때 나서 줄 거물은 없었다.

그럴 수밖에 없는 것이 정재계는 물론 검경에 이르기까지 강력한 영향력을 발휘하는 재벌가와 달리 그는 자수성가한 유형이라서 사회적인 영향력이 낮았기 때문이다. 결국 스스로 움직여야만 했다.

결국 서 회장은 모세호로 인해서 더 이상 해무리 제약이나 활력 포션에 신경을 쓸 수가 없게 되었다.

'레노보'라는 이름의 활력 포션은 무서운 속도로 팔리고 있었다.

특히 의사와 간호사 등 병원 관계자와 택배 기사 그리고 육체노동을 하는 건설 현장을 통해 활력 포션에 대한 얘기가 불길처럼 퍼졌다.

호기심에 한 번 구입한 사람은 당연히 재구매를 할 수밖에 없었다. 그만큼 피로 회복 효과가 뚜렷했기 때문이다.

개인차에 의한 효과의 차이가 크지 않았거니와 30분 정도면 피로가 어느 정도 회복되었기에 신뢰할 수밖에 없었다. 그리고 그 신뢰는 동료에게 추천하는 결과로 이어졌다.

많지 않은 재고를 가지고 시판했기 때문에 금방 동이 났다. 하루에 생산되는 1만 병으로는 급증하는 수요를 전혀 맞출 수 없었다.

영업을 맡은 헤븐힐이나 광고 및 홍보를 맡은 매디와 바로는 발을 동동 굴렀다.

"이때 확 치고 나가야 하는데……."

세 사람은 안타까워했지만 가온은 전혀 흔들리지 않았다.

"어차피 두 달은 되어야 생산라인이 완성됩니다. 그때까지는 어쩔 수 없으니 그냥 받아들여요."

어차피 현 설비로는 증산이 불가능하니 애태울 필요는 없었다.

대신 가온은 세 사람과 논의한 끝에 현재 활력 포션의 생산량을 1일 1만 병으로, 매일 아침 7시에 예약 순으로 판매하며 동일인이 한 박스 이상 구입할 수 없다는 내용을 홈페이지를 통해 공지하기로 했다.

또한 두 달 후에는 1일 100만 병 규모로 증산된다는 사실까지 공지해서 고객의 분노를 달랬다.

그런데 뜻하지 않게도 그런 조치가 '레노보'라는 이름의 활력 포션을 일반인에게까지 널리 알리는 효과를 가져왔다.

"이거 꼭 사야 하거든. 그런데 한 사람이 10병밖에 구매할 수가 없어. 내가 용돈을 줄 테니까 너도 구매 신청을 해 줘."

활력 포션의 효과를 체감한 이들은 가족과 지인들까지 동원해서 매일 아침 7시가 되면 피가 튀기는 열띤 경쟁을 벌였다.

"대체 이게 뭐길래 이렇게까지 해야 하는 거야?"

당연히 의문을 가진 사람들은 활력 포션을 찾았고 어렵게 복용해 본 후에는 효과에 감탄해서 적극적인 구매자로 변했다.

　그렇게 활력 포션은 빠르게 인지도를 높여 갔다.

마법사 전용 타이탄

에보른은 물산이 워낙 풍부하고 주변 시티에서 생산하는 다양한 물건들이 집결되는 곳이라서 오랜만에 즐겁게 쇼핑을 즐긴 가온은 저녁을 사기로 했다.

노르딕의 소개로 원하는 물품들을 저렴하게 구입했으니 대접을 해야만 했다.

마침 그가 묵는 여관은 지구의 호텔에 해당해서 식당 역시 음식이 비싸기는 했지만 무척 맛이 있다고 해서 그곳으로 향했다.

그냥 하는 소리가 아니었다. 고급스러우면서 풍미가 뛰어난 요리들이 나왔다.

딱 하나 아쉬운 것은 술이었다. 물산이 풍부한 곳임에도 불구하고 양조 기술은 발달하지 않았는지 맥주는 물론 포도주도 품질이 좀, 아니 많이 떨어진 것이다.

그렇게 식사를 즐기던 가온은 마침 떠오른 생각에 망설이지 않고 노르딕에게 질문을 했다.

"혹시 제련 및 제철 설비를 구할 수 있습니까?"

기가스를 대량 생산하려면 반드시 필요했다.

"그건 어려울 겁니다. 기존에 그런 설비를 갖춘 시티들이 절대로 팔려고 하지 않을 테니까요. 오죽하면 이곳 에보른 시티도 몇십 년 동안 대형 용광로를 구입하기 위해서 수백만 골드를 접대비로 써 왔음에도 구하지 못했겠습니까?"

특허권이라는 개념이 없는 세상이라서 그런지 기존에 특별한 기술을 보유하고 있는 시티에서는 기술 유출을 극도로 금지하고 있었다.

'골치 아프네.'

물론 후판을 비롯한 철강 제품을 직접 구입하면 되지만 이세계의 용병과 전사 들이 능동적으로 던전을 공략하려고 할 정도로 타이탄을 판매하려면 천문학적인 양이 필요해서 대규모 설비를 필수적으로 갖추어야만 했다.

'아! 그러고 보니 타이탄과 관련된 교관들까지 파견해야 하는구나!'

용병들에게 타이탄 기동술을 가르치는 것은 일단 자신이 해도 되지만 건설용 타이탄의 운용술에 대해서는 가온도 잘 모른다.

'내가 배워서 가르치면 되긴 하지만 앞으로도 계속 타이 탄을 판매할 생각이라면 그 일을 맡아 줄 사람을 결정해야 겠네.'

그러기 위해서는 일단 아이테르 차원의 공용어를 익혀야 만 했다. 그리고 건설용 타이탄의 기동 원리부터 시작해서 각종 부위의 명칭과 운용하는 일을 상세하게 가르칠 정도의 능력이 있어야만 했다.

'일단 공용어를 가르칠 사람부터 찾아야겠네.'

현재 아이테르 공용어를 구사할 수 있는 사람이 없는 것은 아니다. 아레오와 아나샤도 있고 벼리나 파넬 그리고 알테어 도 있었다.

하지만 그들은 수백 년 치에 달하는 학회지를 연구하는 데 푹 빠져 있었다. 아레오와 아나샤는 마법 수련도 멈추었을 정도였다.

그러니 다른 사람을 구해야 하는 게 쉬운 일은 아니다.

애초에 아니테라를 소개할 때 마르트산맥 깊숙한 곳에 있다고 얘기를 해 두어서 공개하는 것도 꺼려졌지만, 무엇보다 자신의 권속이 아니면 갈 수 없는 곳이었다.

물론 이 문제를 해결할 시간적인 여유는 충분했다.

에보른 시티의 귀빈들이 묵는 여관.

자신의 방에 들어온 가온은 방의 상태에는 아무런 관심이 없었기에 곧바로 아니테라로 향했다.

'밤이네.'

낮이었으면 타이탄 기동훈련을 하려고 했는데 시간이 너무 늦었다.

그래도 건너온 장소가 제조창에서 멀지 않은 타이탄 훈련장이었기 때문에 아직 불빛이 흘러나오는 제조창으로 향했다.

'어?'

아직 퇴근하지 않은 이들이 있었는지 공방의 불은 꺼지지 않은 상태였다.

안으로 들어가자 타이탄을 조립하는 용도의 거대한 탁자 주위에 모여 있는 사람들이 보였다.

"오빠!"

-주인님!

"헤루스!"

그들은 벼리와 파넬 그리고 알름을 포함한 장인들과 마법사들이었다.

"시간이 늦었는데 왜 집에 안 가고?"

무엇보다 벼리와 파넬 그리고 알테어는 그동안 마탑 학회지 연구에 푹 빠져 있었는데 이 자리에 있었던 것이다.

"마법사용 타이탄 설계가 끝났습니다!"

"······정말입니까?"

가온은 다크서클이 짙게 내려온 얼굴이었지만 강한 흥분이 느껴지는 알름의 대답에 너무 놀랐다.

"호호호. 진짜예요. 학회지를 연구하면서도 짬을 내어 제조창의 장인과 마법사들과 함께 연구해서 마법사용 타이탄의 설계를 마쳤어요. 이제 시제품을 만들기만 하면 돼요."

드디어! 드디어 마법사 전용 타이탄이 나오는 것이다.

마법진 분야를 제외하고는 마법이 발달하지 않았던 고대에는 전혀 존재하지 않았던 마법사 전용 타이탄이 처음으로 세상에 선을 보이게 된다.

마법이 냉병기와 달리 대량 살상이 가능하다는 점을 고려하면 새로운 타입의 타이탄이 얼마나 유용한지 쉽게 짐작할 수 있었다. 특히 전사 타이탄과의 시너지를 생각하면 실로 엄청난 업적이 아닐 수 없었다.

"대충 제원은 나왔어?"

"네, 오빠. 베타급의 경우 4서클은 되어야 조종할 수 있는데, 대략 6서클의 마법에 해당하는 위력을 발휘할 수 있어요."

동일한 마법인데 두 단계 이상의 위력을 발휘할 수 있다니 이건 정말 혁명이었다.

"다만 구동원은 상급 마정석이어야만 해요. 마법사의 경우 마력은 물론 지력까지 상승시켜야 하거든요."

안 그래도 상급 마정석을 꽤 많이 구입했는데 그러길 정말 잘했다.

생각만 해도 흥분이 되었다.

아레오가 익힌 마법은 서클 마법이 아니라 연상 마법이지만 서클 마법으로 치면 대략 6서클에 해당할 거라고 짐작하고 있는데, 그녀가 타이탄을 타면 8서클에 해당하는 마법을 펼칠 수 있다는 얘기였다.

하지만 그건 가온의 오해였다.

"오빠, 오해할까 봐 말하는 건데 4서클 마법사가 6서클 마법을 사용할 수 있다는 게 아니에요."

"그럼?"

"마력이 부족할 뿐 이미 깨달음이 있는 경우라면 그게 가능하겠지만 보통은 마법의 위력이 강해지는 결과로 나타나요. 그러니까 같은 마법이라도 두 서클 위의 마법사가 펼친 것과 동일한 위력을 발휘할 수 있다는 거죠."

무슨 얘기인지 이해가 간다.

사실 3서클 마법사가 5서클 마법을 구현할 정도의 이해도와 깨달음을 가지고 있는 경우는 아주 희박하다.

그리고 동일한 마법이라도 경지가 다르면 결과 역시 다르다. 예컨대 파이어볼의 경우 3서클 마법사는 화염구를 하나밖에 못 만들지만 4서클은 두 개, 5서클은 네 개를 만들 수 있었다. 같은 한 개라면 폭발력과 화염이 더욱 강해진다.

벼리는 그 점을 말하는 것이다.

'하긴! 타이탄에 탑승한 것만으로 두 단계 위의 경지를 발휘할 수 있다면 익스퍼트 상급의 전사들도 타이탄을 타면 오러 블레이드를 사용할 수 있겠지.'

실제로 깨달음이 있는 상태에서 마나가 부족했던 전사는 원하는 현상을 구현할 수 있지만 대부분은 검기가 강화되는 것에 그친다.

그래도 얻을 것이 없는 것은 아니다. 베타급의 경우 자신이 보유한 마나의 세 배까지 증폭해서 사용할 수 있으니 그 막대한 마나로 막혔던 부분을 뚫을 수 있는 단초를 얻을 가능성이 높았다.

"그래도 마법사 타이탄의 경우 알파급은 중상급의 마정석을 사용합니다. 가능하면 마정석이 아니라 마나석을 사용하면 더 좋을 테고요."

알름이 설명을 추가했다.

상급보다는 3분의 1 정도 가격이 싸지만 충전이 불가능하다는 단점이 있는 중상급 마정석이 구동원이라서 좀 애매하긴 하지만 그래도 상급 마정석이 아닌 것이 어딘가. 중상급 마정석은 혼오크 전사를 사냥해도 얻을 수 있었다.

"헤루스, 어떤 등급부터 시제품을 만들까요?"

알름의 질문에 가온은 잠시 고민하다가 입을 열었다.

"알파급으로 하지요."

알파급은 3서클 마법사라면 탑승할 수 있고 5서클 마법의 위력을 발휘할 수 있었다. 인챈트 마법을 주로 익혀서 대부분 3서클인 엘프 마법사들을 활용하기에는 아주 적당했다.

게다가 보유하고 있는 상급 마정석이 많기는 하지만 일이 어떻게 될지 알 수 없었다. 거기에 전력이 급증한 전사단에 맞추려면 되도록 많은 마법사용 타이탄이 필요했다.

'마법의 위력을 생각하면 알파급이라고 해도 베타급 전사용 타이탄에 비해 부족하지 않을 거야.'

"알파급이라면 시제품이 나오는 데 그리 오래 걸리지 않을 겁니다."

"하하하! 모두 수고했어요!"

가온은 기쁨을 숨기지 않았다. 전사용 타이탄에 이어 마법사용 타이탄까지 개발했기 때문에 아니테라, 아니 자신의 전력이 크게 높아진 것이다.

"이런 날 축하주가 없으면 안 되겠지?"

"그러게 말입니다. 안 그래도 우리끼리 한잔하려고 했는데 정말 잘 오셨습니다."

알름 원로가 그렇게 말하면서 가온에게 선물받은 아공간 주머니에서 다양한 술을 꺼냈다. 모라이족이 양조장을 맡다 보니 자연스럽게 챙긴 것들이었다.

그래서 가온은 안주를 챙겼다. 아니테라에는 없는 과일부터 시작해서 그동안 플레이를 하면서 챙겨 두었던 다양한 식품들이었다.

"오빠, 언니들도 불러요!"

오랜만에 마음을 놓고 본격적으로 달릴 생각만 했던 가온은 그제야 자신을 기다리고 있을 세 여인에게 생각이 미쳤다.

"고맙다, 벼리야."

이런 일로 쉽게 삐칠 여인들은 아니지만 아니테라에 와서 얼굴도 비추지 않고 제조창에서 밤새 술을 마신 것을 알면 서운해하기는 할 것이다.

덕분에 모둔과 아레오, 아나샤까지 왔는데 연락을 하길 정말 잘했다.

아레오와 아나샤는 마법사 전용 타이탄이 개발되었다는 말을 듣고 뛸 듯이 기뻐했다. 타이탄의 위력도 위력이지만 전사들이 타이탄을 타고 두 단계 이상의 실력을 발휘한 후 실력이 크게 상승했다는 결과를 들었기 때문이다.

깨달음만 있다면 마력이 부족해서 구현할 수 없었던 상위 마법을 펼칠 수 있다는 것은 마법사들에게도 아주 귀한 경험이다.

한 번이라도 성공했다면 그렇지 않은 경우보다 훨씬 더 빨리 그 마법을 다시 펼칠 수 있는 것이다.

그렇게 다들 기뻐하는 가운데 기쁨을 더하는 일이 있었다. 빠른 손놀림과 뛰어난 조리 솜씨를 가진 모둔이 정말 맛있는

요리들을 계속해서 내놓았다.

맛있는 음식과 술, 모두가 노력해서 함께 이룬 업적 그리고 기대와 설렘이 있으니 자리가 즐겁지 않을 수가 없었다.

사람들은 밤새 술을 마시면서 그간의 연구가 이렇게 좋게 마무리된 것을 서로 축하했다.

그렇게 자리를 즐기던 가온은 문득 흥에 겨워 일족 고유의 춤을 추고 있는 알름과 모라이족 장인들을 보고 정신이 번쩍 들었다.

'내가 너무 고생을 시켰구나.'

자신에게는 하루가 아니테라 차원에서는 한 달이다. 수명이 긴 엘프족과 달리 모라이족이나 스노족 그리고 나가족은 인간보다 약간 더 오래 살 수 있을 뿐이다.

자신에게 귀속된 이래 자신과 아니테라를 위해 크게 공헌한 모라이족 사람들은 그새 눈에 띄게 나이를 먹었다. 그럴 수밖에 없는 것이 자신에게는 한 달이라는 시간이 이들에게는 90개월, 즉 7년이 훨씬 넘는 기간이 된다.

'본신도 수련을 마쳤으니 시간의 흐름을 조정하자.'

비단 모라이족 때문이 아니다. 자신에게는 하루 만에 보는 것이지만 모둔과 아레오 그리고 아나샤의 입장에서는 사랑하는 사람을 한 달 만에 보는 것이다.

하지만 지금 당장은 타이탄이 많이 필요하기 때문에 시간의 흐름을 조정할 수 없었다.

'조만간 조정을 하자.'

마법사용 타이탄이 나올 때까지 기다리는 시간은 무척 길었다.

'1기만 먼저 만들라고 할걸.'

벼리는 아레오와 아나샤를 생각해서 동시에 3기의 타이탄을 제작하겠다고 했다.

가온의 것만 만들면 두 사람이 아쉬워할 것을 우려한 모양인데 마음은 고맙지만 기다리는 것은 정말 힘들었다.

그래도 할 수 없었다. 안달이 난 마음을 가라앉히기 위해서는 타이탄 기동훈련이 최고였다.

가온은 체력과 심력이 다할 때까지 계속해서 타이탄과 기가스를 바꿔서 기동하면서 포르투 검술 수련에 매진했다.

덕분에 뜻하지 않은 결과도 있었다.

'벌써 2레벨이라고?'

최상급 검술답게 숙련도가 거의 쌓이지 않더니 만병자 특성과 다재다능 특성의 영향과 시간을 잊을 정도로 집중해서 수련한 결과 벌써 2레벨이 된 것이다.

그것만이 아니다. 타이탄의 동화율이 무려 83%를 기록했다. 그래서 그런지 이전보다 훨씬 더 자연스러운 움직임이 가능해졌다.

"오빠, 이건 버그예요!"

직접 동화율을 확인한 벼리가 소리쳤다.

"왜?"

"동화율이 80%면 감마도 아니고 무려 델타급이라고요. 동화율이 가장 높은 시르네아보다 무려 17%가 더 높다고요."

"원래 베타급 동화율이 얼마지?"

"60%요."

물론 그건 아니테라산 타이탄 기준이다. 열두 마녀가 생산하는 베타급은 동화율이 40%에 불과했다.

"그럼 시르네아도 대단한 거네."

17% 차이라면 그녀의 동화율은 66%란 말이다. 평균보다 6%나 높은 것인데 처음 탑승했을 때는 채 50%도 되지 않는다는 사실을 생각하면 굉장히 높은 동화율이었다.

"둘 다 괴물이기는 한데 오빠는 도저히 비교할 수 없는 존재예요."

"후후후. 그거 칭찬이지?"

"후유! 진짜 오빠는……."

"오빠가 뭐?"

"아니에요. 그나저나 내일 완성돼요."

"정말?"

이제 겨우 일주일밖에 안 지났다.

"오빠가 기다리기 힘들어하는 모습을 보고 알름 원로와 장인들이 혼을 갈아 넣고 있어요."

"고마운 일이네. 정말 기대가 된다."

마검사인 만큼 가온도 마법사 전용 타이탄을 타고 싶었다.

"아! 잊고 있었던 것이 있었어."

"뭔데요?"

"아이테르 공용어를 가르칠 선생님을 구해야 해. 전사용 타이탄을 낙찰받은 용병들이나 건설용 타이탄의 기동에 대한 내용을 가르쳐 주기로 했거든. 그런데 마땅한 사람이 없네."

물론 마법사들은 아이테르 공용어를 익혔지만 회화 부분은 아니었다.

"으음. 그 여우족은 어때요?"

"여우족이라면, 아! 그녀가 적당하다고 생각해?"

벼리가 말하는 여우족은 릴센 시티의 생활 부장인 아그네스였다.

"네. 굉장히 총명한 여인이에요. 지적 수준도 높고."

"그럼 여우성에 갔을 때 부탁을 좀 해야겠네."

시간은 문제가 아니다. 그녀를 이곳으로 데리고 오면 되니 말이다.

'아닌가?'

시간의 흐름이 다르다는 사실을 알게 되면 어떻게 반응할

지 모르니 이곳으로 데리고 오는 것은 신중하게 고민해야
했다.

'당분간 할 일이 없으니 일단 여우성부터 다녀오는 것이
낫겠네. 그나저나 아이테르 시간으로 사흘 후면 경매가 열리
는구나.'

시간의 흐름이 달라서 좀 헷갈리기는 하지만 릴센 시티에
서 경매를 열기로 한 날이 사흘 후이니 그사이에 여우성에
함께 다녀오면서 부탁을 해 보는 것이 좋을 것 같았다.

다음 날 오후, 가온은 수련 중에 벼리의 연락을 받고 황급
히 타이탄 제조창으로 향했다.

드디어 마법사용 타이탄이 나왔다. 방금 도색을 마친 새
타이탄은 알파급으로 총 세 기였는데 크기는 전사용과 동일
했지만 두 기는 외형에서 차이가 있었다.

"설마 저것들은 여성용이야?"

가온은 의기양양한 얼굴로 설명을 하는 벼리에게 물었다.
몸 라인이 누가 봐도 여성형이라는 사실을 알 수 있었다.

"언니들이 특별히 부탁했어요. 외형이 동일한 타이탄은
싫다고요."

"에구야!"

둘 다 연상 마법과 신성 마법에 푹 빠져 있기는 하지만 여자는 여자다 싶은 생각이 들었다. 둘 다 특별한 타이탄을 원했는지 안면부 역시 차이가 있었다.

"이쪽이 아레오의 것이고 저쪽이 아나샤의 타이탄이겠네."

묘하게 안면부가 두 사람을 닮았다. 자신의 베타급 타이탄을 포함해서 모두 동일한 전사용과는 전혀 달랐다. 그야말로 아레오와 아나샤가 거대화한 모습이라고 할 수 있었다.

"역시 오빠는 알아볼 줄 알았어요. 신경을 많이 쓴 보람이 있네요."

곧 연락을 받은 아레오와 아나샤가 날듯이 달려왔다. 아니, 실제로 스트렝스를 비롯한 마법을 자신의 몸에 걸었기에 날아온 것이나 마찬가지였다.

"끼아아악!"

"너무 좋아!"

자신들에게 배정된 마법사용 타이탄을 본 두 사람은 기성을 지르며 좋아서 펄쩍펄쩍 뛰었다.

가온은 두 사람을 안아서 등을 가볍게 두드려 주는 것으로 흥분을 가라앉혔다.

"일단 내가 먼저 타 볼게."

"아, 알겠어요!"

자신들이 먼저 탑승하지 못하는 게 아쉽기는 했지만 이미 숙련된 라이더이며 마법사이기도 한 가온이라면 가장 먼저 탈 자격이 있었다.

가온은 아레오와 아나샤의 아쉬워하는 얼굴을 뒤로하고 타이탄에 탑승했다.

동화 과정이나 기초적인 움직임까지는 동일했다.

'이제 마법을 써 봐야겠어!'

심장 주위를 돌고 있는 마력을 끌어 올리자 슈트 안에 부착된 돌기를 통해서 타이탄으로 마력이 흘러가기 시작했다.

우우우웅!

조종실 벽의 마법진들이 일제히 빛을 뿜어내면서 가온이 심장인 듯 그의 몸 주위를 회전하는 거대한 마력링이 빠르게 생성되기 시작했다.

그리고 이내 그의 몸을 중심으로 가온 고유의 마력링, 즉 가로와 세로로 회전하는 특이한 형태의 마력링이 모습을 드러냈다.

'조종실 내부에 새긴 여러 마법진들이 라이더의 마력 상태를 그대로 구현하는군.'

조종실 벽에 새겨진 마법진의 효과는 마력링을 생성하는 데 그치지 않았다.

헬멧을 쓰고 있는 머릿속에 환해지는 것 같더니 이내 상쾌한 감각과 함께 지능은 물론 집중력이나 의지력 등 지력 전체가 향상된 것을 느낄 수 있었다.

'그래! 지력이 높아져야 두 단계 이상의 위력을 가진 마법을 쓸 수 있겠지.'

가온은 자신이 아는 대로 마법을 써 보기로 했다. 플레이어 시절에 익힌 것이라서 서클과 무관하게 펼칠 수 있는 것들이었다.

"파이어 볼!"

마력을 풀어서 쥐고 있는 지팡이의 오브에 주입한 후 의지를 담은 주문을 외치는 순간 그의 눈앞에 머리통 크기의 화염구가 만들어졌다.

'역시!'

일단 파이어 볼이 구현되는 과정만 확인한 후 마법을 취소시켰다. 그리고 차례대로 마법을 펼쳐 보았다.

'하아!'

디그 마법을 발현하니 깊이가 3미터에 폭이 5미터에 달하는 거대한 구덩이가 만들어졌고, 파이어랜스 마법을 펼치니 흑기사가 쓰기로 한 흑창만큼 거대한 화염창이 만들어졌다.

가장 놀란 것은 윈드커터 마법이었다. 대략 100여 미터 떨어진 곳에 있는 나무를 목표로 마법을 펼쳤는데 직경이 3미터는 될 것 같은 바람 칼날이 보이지도 않을 정도로 빠르게 회전하면서 목표는 물론 그 뒤쪽에 있는, 무려 300미터 거리에 있는 거대한 바위까지 잘라 버렸다.

'이건 사기야!'

서클 마법은 어떤지 몰라도 자신의 경우에는 마법의 위력이 몸집이 커진 것에 비례해서 강해지는 것 같았다.

'마법사용 타이탄은 마력링의 숫자와 상관없이 마법을 익힐 수 있는 플레이어들에게 더 적합해!'

매직북으로 마법을 익히는 플레이어의 경우 마력의 양만 충분하면 얼마든지 고서클의 마법을 구현할 수 있었다.

충격을 받은 상태로 타이탄에서 나온 가온은 아레오와 아나샤에게 타이탄에 탑승하는 방법부터 기동하는 법 그리고 마법을 사용하는 방법을 자세하게 설명해 주었다.

그런데 괜히 자세하게 설명했다.

"끼악!"

쿠웅!

"꺅!"

꽝!

두 사람은 동화 과정까지는 문제없이 마쳤지만, 기동하는 데 굉장히 애를 먹었다. 아무리 설명을 해도 자꾸 넘어지고 엎어졌다.

가온은 두 사람에게 기는 법부터 가르쳐야 하는 거 아닌지 고민하다가 문득 떠오르는 것이 있어서 의념으로 전해 주었다.

'타이탄을 타고 있는 것이 아니라 내 몸이 커졌다고 생각해! 다만 너무 오래 앓아서 몸에 힘이 하나도 없기 때문에 아

주 천천히 움직이는 거라고!'

가온의 설명이 적절했는지 그때부터는 넘어지거나 엎어지지 않았다. 단지 너무 느려서 보는 이로 하여금 갑갑증이 들게 만들 정도로 신중하게 움직였지만 말이다.

하지만 그 방법이 통했다. 처음에는 너무 흥분한 나머지 가온이 아무리 동화율에 대해서 설명을 해도 소용이 없었지만, 느리게 움직이다 보니 조금씩 타이탄과의 동화라는 개념을 이해할 수 있었기 때문이다.

가온이 생각한 것보다 아레오는 집요한 성격과 강력한 집중력을 가지고 있었다. 그래야만 일반인은 감히 생각할 수 없는 고차원적인 룬어를 배열하고 대기 중의 마나를 끌어모아서 마법을 펼칠 수 있을 것이다.

사제도 마찬가지였다. 일체의 잡념을 배제한 일심(一心)으로 신을 믿고 따라야만 신성 마법이라는 이적을 일으킬 수 있었다.

덕분에 느리기는 하지만 두 사람은 한 번의 기동을 통해서 일상적인 움직임까지는 구현할 수 있었다.

그런데 전사들과 다른 점도 명확했다. 아레오와 아나샤는 휴식을 전혀 하지 않았음에도 연속 기동이 가능했다. 체력이야 가온에게 배운 체술을 꾸준히 익혔고 음양대법을 통해 육체적인 능력을 높여 와서 그 정도의 심력 소모는 마법사와 사제에게 별게 아니었다.

아레오와 아나샤는 세 번째 기동에서 처음으로 마법을 펼쳤는데 본인들도 놀랄 정도로 마법의 위력이 어마어마했다.

아레오가 구현한 윈드커터는 가온의 그것에 비해서 1.5배는 더 컸고 아나샤가 구현한 홀리파이어는 타이탄의 머리 크기에 달할 정도로 거대했다.

두 사람은 마땅히 시험할 목표가 없자 마법을 취소하고 이번에는 자신이 발현할 수 있는 마법들을 연속으로 시전했는데 하나같이 무시무시했다.

가온은 마법의 위력을 시험하고 싶어서 아쉬워하는 두 사람을 데리고 일전에 알름 원로가 말한 노철 철광으로 향했다. 그곳이라면 어떤 마법을 써도 괜찮았다.

마침내 마법을 제대로 사용할 수 있게 된 두 사람은 거대한 붉은 바위들이 널려 있는 넓은 지역을 그야말로 폐허로 만들었다. 그만큼 마법의 위력이 강력했기 때문이다.

'앞으로 마법사 타이탄은 우리 아니테라에 엄청난 전력이 되겠네.'

가온은 마법사용 타이탄은 계속 생산해서 꾸준히 라이더를 늘릴 생각은 있지만 그들을 아이테르 차원으로 소환할 생각은 없었다. 공개가 되는 순간 아이테르 차원은 그야말로 난리가 날 테니 말이다.

문득 고대 타이탄을 복원할 정도로 능력이 뛰어난 열두 마탑의 마법사들이 아직 타이탄 전용 아공간 아이템을 만들지 못한 것은 다른 데 정신을 팔고 있어서라고 했던 네르손의 말이 떠올랐다.

'확실히 일리가 있는 말이었어.'

타이탄 전용 아공간 아이템은 유적에서 얻은 것이지만 벼리와 파넬은 기존에 존재하는 아공간 주머니를 변형시켜서 충분히 개발할 수 있다고 했다.

그렇다면 개발 역량이 약해서 열두 마녀 측이 전용 아공간 아이템을 만들지 못한 것은 아닐 것이다.

'아마 별 관심이 없었을 거야.'

굳이 그런 것이 없어도 타이탄은 생산하기가 무섭게 팔려 나갔으니 아직까지 별 신경을 쓰지 않았을 것이다.

그렇다면 이미 타이탄을 개발한 열두 마녀 측의 마법사들은 현재 무엇을 개발하고 있을까?

'감마급 타이탄 개발이야 당연히 하고 있겠지만 마법사용 타이탄을 개발하는 연구도 하고 있지 않을까?'

생각할수록 맞는 것 같았다.

정말 그렇다면 마법사 타이탄이 세상에 모습을 드러내면 가온은 그들의 목표가 될 것이 분명했다.

'내가 목표가 되겠지.'

보물 고블린 정도가 아니다. 세상의 정의 따위는 안중에도 없는 집요한 성격의 마법사들이 타이탄을 구입하겠다고, 혹은 자신을 잡아서 그 비밀을 알아내려고 하지 않을까 싶었다.

'하지만 오랫동안 방치되었던 던전들을 모두 공략하려면 마법사용 타이탄은 꼭 필요해!'

기가스를 대량으로 보급하면 트롤 등급이 보스인 던전까지는 아이테르의 용병이나 전사 들이 클리어할 수 있다. 하지만 그보다 더 상위 등급의 던전들은 타이탄을 대량으로 보유한 시티들이 나서야만 했는데 당분간은 그럴 것 같지 않았다.

당연히 그런 던전들은 자신이 아니테라의 전사들과 함께 공략해야만 했다. 특히 영력을 확보할 수 있는 마족이 서식하는 던전의 경우에는 반드시 공략해야만 했다.

언젠가는 열두 마녀 측도 마법사 타이탄을 개발할 수 있겠지만 지금 그들의 행태를 보면 그것들로 인간들의 삶을 안전하고 풍요롭게 만드는 데 사용될 것 같지는 않았다.

'마법사 타이탄은 당분간 공개하면 안 되겠군.'

물론 아니테라의 마법사들에게는 당연히 보급할 생각이다.

그렇게 아레오와 아나샤가 타이탄을 타고 마법을 시연하고 있을 때 어디에서 무슨 소리를 들었는지 사람들이 잔뜩 몰려왔다.

"와아! 저것이 바로 마법사용 타이탄이야!"

"타이탄의 몸집만큼이나 강력한 마법이야!"

"우리에게 차례가 오겠지?"

"당연하지. 타이탄 전사단 쪽은 전사장급까지 타이탄을 보유했으니 이제 타이탄 마법사단 차례지."

열광적인 반응을 보이는 사람들은 대부분 엘프 마법사와 스노족 결계술사 들이었다.

가온은 그들의 대화를 들으면서 황당한 얼굴이 되었다.

'타이탄 마법사단이라고?'

대체 그 소리는 누가 꺼낸 것인지 모르겠다.

'괜찮은 아이디어이기는 하네.'

아니테라에 늦게 합류하는 바람에 도통 가까워지지 않았던 엘프족과 나가족 전사들의 경우 함께 훈련을 받는 동안 많이 친해졌다. 특히 타이탄 라이더들은 더 이상 다른 종족이라는 사실을 떠올리지 않을 정도로 가까워진 것이다.

하지만 아직까지 스노족은 아니테라에서 겉돌고 있었다. 그들은 대부분 결계술사였기에 친목을 다질 기회가 없었기 때문이다.

'생각해 보니 스노족에게도 마법을 가르쳐야겠네.'

먼 거리는 아니더라도 결계를 이용해서 공간이동을 할 정도로 결계술은 뛰어난 위력을 가지고 있다.

다만 결계술을 활용하기 위해서는 미리 일정 장소에 결계진을 펼쳐야 하는 한계를 가지고 있기에 가온은 그동안 스노족을 별로 활용하지 않았다. 스노족 역시 아니테라에 터를 잡느라고 정신이 없기도 했고.

하지만 이제 스노족도 아니테라에 완전히 자리를 잡았으니 스노족을 활용할 필요가 있었다.

'그래도 결계술보다는 마법이 활용도가 높으니 원하는 이들에 한정해서 마법을 가르쳐야겠다.'

보상으로 타이탄을 건다면 꽤 많은 자원자가 나오지 않을까 싶다.

결계술사들이 마법을 배우는 것은 어렵지 않을 것이다. 높은 지력과 정신력이 요구되는 결계술을 익히는 것은 마법을 익히는 것만큼이나 어렵기 때문에 그들의 능력은 충분했다.

엘프족 마법사의 경우에도 생각해야 할 일이 많았다.

본래 엘프족은 전사와 마법사를 가리지 않고 정령과 계약을 한 정령사다. 다만 전사는 무술을 익히고 마법사는 마법 중 가장 쓸모가 있는 인챈트 마법을 익힌 경우가 대부분이다.

따라서 엘프족 마법사 중 아레오처럼 일반적인 마법을 사용할 수 있는 경우는 그리 많지 않고 대부분 정령과 계약을 통해 정령 마법을 사용하기 때문에 타이탄이 도움이 될지는 시험을 해 봐야만 했다.

당분간 마법사용 타이탄은 생산하지 않으려고 했는데 이렇게 되면 생각을 달리해야만 했다.

'차원 의뢰를 수행하는 데 너무 오랜 시간이 걸린다고 생

각했는데 그 과정에서 이런 결과가 나온다면 충분히 감수할
수 있지.'

이번 의뢰를 수행하면서 아니테라의 전력은 이전과는 비
교할 수도 없이 급상승하고 있는 중이다.

비록 의뢰의 진척도가 아직 성에 차지 않지만 이런 부수적
인 결과물이 있으니 충분히 만족할 수 있었다.

여우성

　새벽에 아이테르 차원으로 건너간 가온은 바로 숙소를 나와서 마누의 도움으로 릴센 시티로 이동했다. 그리고 성 밖에서 아그네스에게 의념을 보냈다. 경매가 열리기 전에 정비 요원들에게 아이테르 공용어를 가르치는 문제 때문에 만나려는 것이다.

　'아그네스, 온 훈입니다.'

　－어멋! 온 님, 어디세요?

　'성 밖입니다. 이제 막 도착했습니다.'

　－혹시 바쁘세요?

　가온이 용건을 꺼내기 전에 아그네스가 그렇게 물었는데 의념이지만 다급한 마음이 전해졌다.

'그런 건 아닙니다. 무슨 일이 있습니까?'

─제가 일전에 말씀드렸던 부탁을 기억하시나요?

부탁이라? 아!

'타이탄 판매 건을 얘기하는 겁니까?'

─네. 우리 여우성의 상황이 좀 급해서요.

'무슨 일입니까?'

─얼마 전에 여우성 근처에 던전이 하나 생성되었어요.

'던전요?'

─네. 일주일 전에 하피와 그리핀 그리고 변종 아울이 나
타났다는 소식을 들었는데, 놈들이 여우성 상공을 날아다니
면서 보이는 생물체는 모두 공격하고 있다고 해요. 밤에도
변종 아울이 근처에서 성을 감시하고 있고요.

'아무래도 그 던전에서 비행 마수들이 나온 것 같군요.'

하피나 그리핀은 와이번보다는 한 수 아래지만 상급 몬스
터로 분류가 된다. 변종 아울도 봐야 알겠지만 꽤 강한 비행
마수로 보였다.

─저도 그렇게 생각하고 있어요. 저희 여우성이 위치한 산
이 규모가 크기는 하지만 숲이 울창해서 비행 마수들이 서식
할 환경은 아니거든요. 가끔 와이번을 볼 수 있지만 실질적
인 피해는 거의 없었어요.

'골치 아픈 상황이네요.'

─그래서 어르신들이 걱정이 많아요. 빨리 온 님에게 연락

예지몽으로
히든랭커

해서 타이탄을 구매하고 싶다고 해요.

'타이탄을 판매하는 건 어렵지 않은데, 타이탄은 비행 마수들에게 큰 위력을 발휘하지 못할 겁니다.'

마법사 타이탄이라면 얘기가 다르지만 말이다.

ㅡ그렇기는 하지만 그래도 타이탄이라면 위험에 어느 정도 대비할 수 있다고 생각하시는 것 같아요. 그래서 말인데 오늘 저와 함께 여우성으로 가시면 안 될까요?

어려울 것은 없다. 어차피 릴센에서 타이탄 경매가 열리기 전까지 밤에는 아니테라로 건너가서 마법사 타이탄을 운용하려고 했으니 말이다.

'오늘요?'

ㅡ네. 사정이 급해서요. 저희가 다니는 은밀한 길을 이용해도 여우성까지는 하루 이상 걸리거든요. 이틀 후에는 타이탄 경매가 있잖아요. 서둘러 다녀오면 시간을 맞출 수 있을 것 같아요.

잠시 고민하던 가온은 아그네스의 바람을 들어주기로 했다. 빚을 지워야 목적을 쉽게 달성할 수 있을 것 같았다.

'알겠습니다. 그럼 이쪽으로 오십시오.'

가온은 현재 자신이 있는 위치와 함께 여행 준비를 따로 하지 않아도 된다는 말을 전했다.

ㅡ그건 제가 준비해야 하는데……. 그래도 사정이 급하니 신세 좀 질게요. 바로 그곳으로 갈게요.

아그네스가 뭔가 오해를 하는 것 같지만 마음이 급한 것 같아서 굳이 투명 날개에 대해서는 얘기하지 않았다.

가온의 가슴과 자신의 등이 밀착된 상태로 몸을 단단히 고정한 아그네스는 기류를 제대로 타고 난 후에야 겨우 정신을 차렸다.

'귀가 따가울 정도네.'

가온이 들어 본 목소리 중 가장 고음이었는데 그 고음으로 비명을 계속해서 질렀기 때문이다.

그렇게 비명을 지르던 아그네스였지만 안정이 되자 여우성이 위치한 산까지 날아가는 동안 계속 탄성을 지르며 제대로 된 비행의 재미를 즐겼다. 착륙할 때는 아쉬움이 가득한 얼굴이 되었을 정도였다.

'확실히 환경이 열악하긴 하네.'

릴센에서 여우성까지 가는 경로에는 가장 먼저 크게 돌아가야만 하는 거대한 규모의 습지가 있었고 그 이후에는 굴곡이 심한 숲 지대가 내내 펼쳐져 있었다.

비행이 아니라 육로라면 말을 타고 이동하기에도 힘든 지형이라서 꼬박 하루는 가야만 한다는 말이 맞았다.

여우성은 그런 험난한 지역을 지나야 겨우 도착한 거대

한 산의 중심부에 위치하고 있다고 했는데 산의 규모가 엄청났다.

'메소산이라고 했나?'

중심부까지 비행한 것은 아니지만 멀리에서 봐도 비슷한 높이의 봉우리가 수십 개는 되는 것 같은 거대한 규모였다.

그나마 다행한 점은 고도가 그렇게까지 높지 않아서 대략 700미터 정도에 불과했기 때문에 올라가는 것은 그리 어려울 것 같지 않다는 것이다.

가온은 혹시 모를 비행 마수의 공격을 우려해서 그 산이 시작되는 지점에 착륙했다.

몸을 고정한 가죽끈을 풀자 비로소 자유의 몸이 된 아그네스는 비행의 후유증으로 인해 잠시 비틀거리다가 겨우 중심을 잡았는데 첫말이 아주 인상적이었다.

"뭐예요?"

"뭐긴요. 비행 아이템이지요."

"하아! 그런데 이런 아이템은 대체 어디서 구하신 거예요?"

뭔가 두서가 없는 말이 이어지는 것을 보니 생애 처음 경험하는 비행이 아그네스에게는 굉장히 충격적이었던 모양이다.

"던전을 공략하는 과정에서 얻었습니다."

"그런 게 있다는 소리는 들었지만 대단하네요, 대체 얼마나 위험한 던전이기에."

"위험한 던전이기는 했지요."

"하긴, 타이탄들이 합류했을 테니…….."

타이탄과는 아무런 관계도 없지만 굳이 길게 얘기하기 싫어서 그냥 고개만 끄떡였다.

"아무튼 너무 편하게 잘 왔어요. 어머니는 제가 내일 새벽에나 도착할 거라고 생각을 하고 계실 텐데 이렇게 일찍 도착했으니 깜짝 놀라실 것 같아요."

아직도 비행으로 인한 흥분이 채 가라앉지 않은 아그네스이지만 고향이 직면한 위험을 떠올리고 서둘러 산으로 오르기 시작했다.

"그런데 이곳에서 여우성으로 올라가는 길이 있다고 하지 않았습니까?"

아무리 둘러봐도 길처럼 보이는 것은 없었다.

"메소산은 규모가 방대하지만 고도가 낮은 편이고 식생도 아주 풍부해서 다양한 초식동물은 물론 고블린이나 오크와 같은 몬스터들도 많아요. 그래서 길을 내면 오히려 우리 여우족이 위험하기 때문에 좁은 산길을 이용하는데 주로 돌이 많은 지형이에요."

그렇게 말한 아그네스는 지금까지 가온이 몰랐던 여우족의 생활상을 짧게 알려 주었다.

'호오! 손재주가 뛰어난 모양이네.'

여우족 장인들은 뛰어난 품질의 무구와 아이템들을 생산해서 주로 릴센에 팔기는 하지만 소규모로 등짐을 지고 멀리 떨어진 시티까지 가지고 가서 팔기도 한다고 했다.

그런데 무구와 아이템의 품질이 아주 높기 때문에 높은 가격에 판매를 할 수 있어서 곡물 등 필요한 물품을 구입하는 데는 별문제가 없었다. 다만 이동이 문제라서 주로 릴센과 거래를 하고 다른 시티와의 교역량은 그리 많지 않다고 했다.

그렇게 짧게 여우성에 대해서 설명을 들은 후 아그네스의 안내를 받아 산을 오르기 시작했는데 마수나 몬스터의 위험을 피하기 위해서인지는 알 수 없지만 길은 무척 험했다. 야생 염소나 다닐 법한 좁고 위험한 길이었기 때문이다.

덕분에 마수나 몬스터와는 조우하지 않았지만 평범한 사람이라면 감히 엄두도 내지 못할 정도로 곳곳에 위험이 깔려 있었다.

'마나를 사용하지 않고 있음에도 몸놀림이 엄청 날렵하네.'

그런 험한 길임에도 불구하고 아그네스는 가볍고 빠르게 오르고 있었다. 물론 가온이 그녀보다 더 편하게 뒤를 따르고 있었다.

그런데 이상한 점이 있었다.

'엉덩이가 좀 이상하네.'

엉덩이가 큰 정도가 아니라 마치 공기를 주입한 풍선처럼 잔뜩 부풀어 있었다.

민망한 모습이었지만 일부러 보려고 한 것이 아니라 그녀가 앞에서 안내를 하다 보니 볼 수밖에 없었다.

그나마 다행인 것은 아그네스가 마음이 급해서 그런지 빠르게 이동해서 뒷모습을 계속 볼 수는 없다는 점이다.

그렇게 빠르게 산을 오른 지 1시간 정도가 지나 높은 산등성이를 넘었을 때 아래쪽에 절경이 보였다.

"저곳이 바로 여우성이에요!"

아그네스의 고향인 여우성은 방벽처럼 주위를 원형으로 두르고 있는 700미터의 메소산 봉우리들 안쪽의 분지에 솟은 또 하나의 봉우리였다.

메소산의 외곽을 두르고 있는 산봉우리에 비해서 크기도 작고 높이도 100여 미터에 불과해서 밖에서는 전혀 보이지 않고 이렇게 올라와야만 보이는 절묘한 위치에 자리를 잡고 있었다.

'암봉 하나를 통째로 깎아내어 주거지로 만들었네.'

100미터 높이의 암봉은 아랫부분부터 중간의 바로 위쪽까지 커다란 구멍이 수없이 많이 뚫려 있었다. 외부에 따로 올라가는 길이 보이지 않는 것으로 보아서는 내부의 굴은 종횡으로 연결되어 있을 것 같았다.

평지에 홀로 솟은 산이 아니라 산봉우리들 가운데에 자리를 잡은 낮은 산봉우리의 내부에 굴을 파서 거주지로 만들었는데 과연 성이라고 칭할 만했다.

속으로만 파고 들어간 것이 아니다. 외부 곳곳에 테라스처럼 만든 공간이 보였는데 거기에는 꽃과 나무들이 자라고 있었고 물길로 추정되는 좁고 깊은 길이 반듯하게 잘린 윗부분에서 성의 아래쪽까지 구불구불 이어지는 것으로 보아 빗물을 이용한 기본적인 상수도 시설도 갖춘 것 같았다.

"멋진 곳이군요. 인구가 얼마나 됩니까?"

"대략 1만 정도예요. 전사의 비율은 대략 3할 정도고요."

아무리 순혈의 비율이 높다고는 하지만 전사 비율이 3할이나 되다니 굉장했다. 하지만 산 전체에 서식하는 마수와 몬스터 들을 생각하면 안전을 장담할 정도는 아니었다.

아무튼 그런 많은 사람들이 거대한 바위 봉우리 안쪽에 있는 공간에 거주한다니 믿을 수가 없지만 눈에 들어오는 구멍의 숫자를 보면 어느 정도 이해가 가기도 했다.

"마수나 몬스터의 공격에 대비한 시설물이 안 보이는 것 같습니다만."

"아래쪽에서 3층까지의 굴은 사람이 거주하는 곳이 아니라 일종의 함정이에요. 매년 서너 번은 천 단위의 몬스터들이 공격을 해 오거든요. 일단 내부로 들어오면 미로가 펼쳐져 있어서 쉽게 벗어나지 못하는데 그것을 이용해서 때려잡아요."

그렇다면 구멍을 기준으로 4층부터가 사람이 거주한다는 것인데 대략 40층까지 있었다.

"식량은 어떻게 해결합니까?"

여우성의 외부 곳곳에는 테라스들이 꽤 많았지만 농작물을 키우는 것 같지는 않았고, 이곳까지 오면서 농지로 추정되는 장소 역시 없었다.

"여우성 내외부에는 농지로 쓸 땅이 없어서 주로 각종 무구류를 팔아서 식량을 구입해요. 주로 곡물과 채소 그리고 말린 과일 종류요. 육류는 당연히 사냥을 해서 구하고요."

예상한 대로 살기가 팍팍한 환경이다.

'이런 환경에 새로운 위협이 가해졌다는 거군.'

평지도 아니고 바위산의 속을 파고 살아온 이들에게 있어 비행 마수는 아주 강력한 위협이다.

일단 비행 마수들이 작정하고 노리면 여우족은 성 밖으로 나올 수가 없어 고립이 될 수밖에 없었다.

'그런데 왜 사람의 모습이 보이질 않지?'

아직 정오도 되지 않은 시간이라서 볕도 따갑지 않은데 이상하게 여우성 주위에는 인적이 전혀 없었다.

그때 하늘을 쳐다본 아그네스가 경호성을 질렀다.

"비, 비행 마수예욧!"

하늘 높은 곳에 꽤 많은 숫자의 작은 점들이 움직이는 것이 보였는데 모두 비행 마수였다.

'하피와 그리핀!'

여성의 상체에 흉악한 얼굴을 하고 있는 하피는 검기의 위력에 버금가는 날카로운 발톱을 가지고 있는 비행 마수였다.

아름다운 용모와 사람을 홀리는 매혹적인 노래로 유명한 세이렌과 달리 온몸을 굳게 만드는 소름 끼치는 괴성을 질러 극명하게 대비가 된다.

그리핀은 사자의 몸통에 독수리의 상체를 가진 마수로 와이번보다는 한 등급 아래지만 바위도 부술 수 있는 강력한 부리와 발톱을 가지고 있었다.

그런데 이상한 점이 있었다.

'안 싸운다고?'

같은 비행 마수지만 하피와 그리핀은 영역을 중시한다. 두 마수는 와이번처럼 멀리까지 날아가서 사냥을 하는 습성을 가진 것이 아니라 넓은 지역을 영역으로 정해서 그 밖으로 나가지 않는다.

그렇다고 사이가 좋은 것도 아니라서 서로 영역이 겹치면 한쪽이 영역 밖으로 도망치기 전까지 공격을 하는 습성을 가지고 있었다.

그런데 지금 하늘을 날고 있는 300여 마리의 두 비행 마수는 함께 섞여 있는 것이 이상하지 않을 정도로 서로의 존재를 인정하는 것처럼 보였다.

'아무래도 이상하군.'

그런데 궁금증을 해결할 때가 아니다. 놈들은 명백하게 여우성을 노리고 있었다.

그 증거는 언제부터 하늘을 날고 있었는지 모를 하피와 그리핀 무리가 교대를 하고 있다는 점이다. 사람이 밖으로 나오는 것을 기다린다는 얘기였다.

'일단 여우성으로 들어가 봐야겠네.'

가온과 아그네스는 서둘러 여우성을 향해 내려갔다.

꿈속 장면

여우성의 원로들은 오늘도 아침 일찍부터 비상 회의를 하고 있었다. 오늘도 해가 뜨자마자 하피와 그리핀이 여우성 상공을 비행하고 있었기 때문이다.

이전에는 근처에서 볼 수 없었던 상급의 비행 마수들이 나타나서 성을 벗어나는 사람들을 잡아가기 시작한 지 벌써 일주일이 넘었다.

원로들은 물론이고 전사들과 마법사들의 의견을 구했지만 이 상황을 타개할 수 있는 방책은 나오지 않았다. 그저 성 밖으로 나가지 않는 것이 유일한 대책이었다.

검기를 발현할 수 있는 전사와 강력한 공격 주술을 구사할 수 있는 주술사들이 나가서 놈들을 유인해서 각개격파 방식으로 사냥하려고 했지만 놈들은 상대의 실력을 꿰뚫어 보는 눈이라도 있는지 그런 경우는 100여 마리가 한꺼번에 공격을 가했기 때문에 별수 없이 성으로 황급히 귀환해야만 했다.

비축하고 있는 식량은 아직 여유가 있지만 앞으로가 걱정이다. 전혀 밖으로 나갈 수가 없는 상황이 이어질 테니 말이다.

여우족은 남성보다는 여성의 출산율이 아주 높아서 인근에서 가장 강력한 전투력을 가진 전사들이 많기로 유명한 릴센 시티로 시집을 많이 간다.

그래서 릴센 시티의 지원을 기대하고 있지만 모종의 이유로 지금은 그런 기대를 많이 접었다.

소드마스터라고 해도 저렇게 많은 비행 마수를 상대로는 무위를 제대로 발휘하기가 힘들었다.

밤에도 움직일 수가 없었다. 거대 부엉이 마수인 변종 아울들이 감시하고 있었기 때문이다.

끔찍하기로는 변종 아울이 더했다. 변종 아울은 검기에 버금갈 정도로 단단하고 날카로운 부리와 발톱을 가지고 있었는데, 체고가 3무에 달할 정도로 몸집이 컸고 날갯짓만으로 사람을 날려 보낼 정도였다.

땅굴을 파 보자는 의견도 나왔지만 여우성 주위는 봉우리와 달리 주위는 퇴적암이 아니라 단단한 화강암과 변성암이라서 비행 마수들의 이목을 피할 수 있을 정도까지 땅굴을 파려면 몇 년이 걸릴지 몰랐다.

결국 지금 여우족이 할 수 있는 일은 릴센 시티의 지원을 기다리는 것이 전부였다. 그게 아니면 다수의 피해를 감수하고 일부라도 도망칠 수 있도록 일시에 여우성을 탈출하는 것밖에 없었다.

그때 반가운 소식이 전해졌다.

"아그네스가 손님 한 분을 모시고 찾아왔습니다!"

"당장 이곳으로 안내해!"

아그네스는 족장의 조카로 수백 년 만에 태어난 순혈로 벌써 꼬리가 일곱 개나 될 정도로 빠른 성장을 보이는 일족의 희망이었다.

그 기대에 맞게 릴센 시티에 간 지 얼마 되지 않아서 시티의 수뇌가 될 정도로 능력을 발휘하고 있어서 원로들의 기대를 한 몸에 받고 있었다.

그런 아그네스가 이곳의 소식을 듣더니 한 가지 희망적인 소식을 전했다.

타이탄을 구입할 수 있다는 내용이었다. 그것도 무려 10기나.

비록 이제까지 여우족이 모아 온 마정석의 상당수를 내주어야 하지만 골드가 많지 않은 상황에서 타이탄이 간절하게 필요한 그들에게는 무척이나 희망적인 소식이라 원로들은 물론이고 일족의 전사들이 모두 그녀를 기다리고 있었다.

"그런데 아그네스가 오늘 새벽에 출발한다고 하지 않았나요?"

"맞아요. 그리고 보니 이상하네요. 통신한 지 불과 2시간도 안 되는 것 같은데……."

이곳에서 릴센까지는 숙련된 전사에게도 꼬박 하루가 걸린다. 아무리 빨리 이동했다고 해도 밤은 되어야 도착하는 것이 정상인데 벌써 도착했다니 이상했다.

새벽에 출발했다고 하더라도 서너 시간 만에 거대한 습지를 종단했다는 얘기인데, 독충들은 물론 리자드맨부터 다양한 수생 마수들이 서식하는 거대한 습지 구간을 어떻게 통과했는지 모르겠다.

원로들은 도무지 이해가 가지 않는 얼굴로 곧 도착할 아그네스와 여우족에게 타이탄을 제공할 귀한 손님을 기다렸다.

아그네스를 따라서 여우성의 내부로 들어간 후 미로처럼 복잡한 길을 이리저리 움직인 끝에 가장 중심부라고 할 수 있는 곳에 도착했는데 족히 수천 명은 모일 수 있는 거대한 광장이었다.

"이 광장은 우리 여우족 전사들의 훈련장이에요. 그리고 모든 거주 구역의 중심부라서 가끔 대규모 인원이 참여하는 행사가 벌어지는 곳이기도 하고요."

공동의 벽과 천장에는 수천 개의 발광석이 박혀 있어 바깥과는 비교할 수 없지만 그래도 환했다. 그리고 벽에는 위로 올라가는 가파른 계단들이 줄지어 있어 이곳이 여우성에서 가장 아래쪽에 위치하고 있다는 사실을 확인시켜 주었다.

"저기 족장과 원로들께서 기다리고 계시네요."

아그네스가 가리키는 공동의 한쪽 끝에는 로브처럼 풍성한 옷을 입고 있는 한 무리의 사람들이 모여 있었는데 대부분 초로의 나이였는데, 여우족 특유의 둥글고 큰 귀를 가지고 있었다.

'대부분 여자네.'

스무 명 중에 여성이 열다섯 명이나 되었는데 나이가 들었음에도 불구하고 풍기는 기세가 굉장히 날카로웠다.

오히려 다섯 명의 남성 원로의 인상이나 풍기는 분위기가 더 푸근해서, 여우족은 성비(性比)는 물론 주도권을 여성이 쥐고 있는 여초(女超) 사회이며 집단지도체제를 가지고 있다는 사실을 알 수 있었다.

가온이 아그네스를 따라 그쪽으로 접근하자 마중을 나오는 것처럼 원로들이 마주 걸어왔다.

'호오! 정말 꼬리가 있네.'

한 원로의 옷 밖으로 삐져나온 꼬리가 보였다. 하얗고 풍성한 털을 가진 꼬리였는데 끝부분이 일곱 개로 갈라져 있었다.

'꼬리가 일곱 개가 아니었네. 저 경우 칠미호라고 부르는

건가?'

여우족은 수인화를 하지 않았을 때도 꼬리는 그대로인 모양이다.

'아! 그래서!'

이제야 오는 동안 아그네스의 엉덩이 부분이 유독 부풀어 올랐던 이유를 알 수 있었다. 바지를 입었기에 꼬리가 뭉쳐 있었던 것이다.

호기심에 아주 짧게 심안 스킬을 발동해서 원로들을 살펴본 가온은 깜짝 놀랐다.

'전부 꼬리가 있어!'

원로라는 자리에 있는 만큼 많게는 여덟 개의 꼬리부터 적게는 여섯 개로 갈라진 꼬리를 가지고 있었다.

"순간 눈에서 심유한 빛이 발산되다니 뭔가 신기한 스킬을 익힌 모양이군요. 환영해요. 나는 여우족의 족장인 바아델이라고 해요."

가장 먼저 도착한 여우족이 정이 듬뿍 담긴 눈으로 아그네스와 눈인사를 나누더니 가온을 향해 손을 내밀며 자신을 소개했다.

"아니테라 시티 출신으로 현재는 용병으로 활동하고 있는 온 훈이라고 합니다."

그렇게 소개를 하는데 맞잡은 손을 통해 은밀한 기운이 들어와서 거미줄처럼 전신을 향해 촉수를 뻗었다.

가온은 그 기운의 변화를 느끼는 순간 화기를 일으켜 순식간에 태워 버렸다. 이질적인 마나라서 불쾌감이 들었기 때문이다.

"헙! 소드마스터? 이런! 내가 실례를 했네요. 이렇게 젊은 외모와 어울리지 않는 기도를 가지고 있어서 궁금한 마음에 그만……."

"괜찮습니다."

비록 바아델이 자신의 기운을 몸 안에 주입하려고 했지만 자신 역시 심안 스킬로 상대를 살폈으니 그냥 넘어가기로 했다.

"소드마스터라고?"

"바디체인지를 한 거였군!"

"어쩐지!"

다른 원로들이 쓸데없는 오해를 하는 것 같았지만 크게 신경을 쓸 필요는 없었다. 가온은 바아델이 소개로 다른 원로들과도 인사를 나누었다.

그 후 원래 원로들이 있었던 곳으로 향하니 거대한 석재 테이블이 보였는데 차와 육포 그리고 비스킷으로 보이는 간식이 놓여 있었다.

"아그네스로부터 온 경이 타이탄을 우리 여우성에 판매하겠다는 얘기를 들었는데, 사실인가요?"

이곳까지 오는 동안 갈증을 느낀 가온과 아그네스가 차를 마시고 나자 족장인 바아델이 본론을 꺼냈다. 그만큼 마음이 급했던 모양이다.

"그렇습니다."

"하아! 정말 다행이네요."

"그런데 타이탄 10기로는 비행 마수를 물러나게 할 수 없다는 건 알고 계시죠?"

가온의 말에 바아델과 원로들이 심각한 얼굴로 고개를 끄덕였다.

"맞아요. 타이탄이 10기가 아니라 100기가 있다고 해도 비행 마수를 어쩔 수 없어요."

"그럼 왜 구입하려는 겁니까?"

"최대한 많은 동족의 목숨을 구하기 위해서지요."

"서, 설마 이곳을 버리고 도망칠 생각이에요, 이모?"

놀란 아그네스가 그렇게 묻는 것을 보니 바아델이 아그네스의 이모인 모양이다.

"그래. 여우성의 미래는 더 이상 이곳에 있지 않아. 설사 저 흉악한 마수들이 나온 던전을 공략한다고 해도."

"여우성의 원래 주인이었던 드워프족도 근처에 생성된 던전 때문에 멸족하고 말았지. 당시 드워프족이 던전을 소멸시켰지만 원래 그 자리에 이렇게 던전이 나타난 것을 보면 더 이상 이곳에서 거주할 수 없을 것 같구나."

인자한 얼굴의 남성 여우족 원로가 바아델에 이어 설명을 했다.

그때 가온의 눈이 번득였다.

'원래 이곳의 주인이 드워프족이었다고?'

엘프 혼혈은 이 세계에도 많았지만 드워프족의 경우 순혈은 고사하고 혼혈도 보기가 힘들었다.

"하지만 어디로 가려고요? 듣기론 비행 마수의 숫자가 1천이 넘는다고 했는데 이곳을 탈출하는 것이 가능하기는 해요?"

"가능 여부를 떠나서 어쩔 수 없이 해야만 하는 일이야. 이곳에 있으면 결국 식량이 다 떨어져서 죽고 말 테니까. 릴센에서 우리 여우성을 지원할 의사가 없어 보인다는 얘기는 이미 들었다."

그렇게 말하는 바아델의 얼굴은 굉장히 처연했다.

"시간이 좀 더 걸리겠지만 꼭 지원을 받아 낼게요. 안 그래도 이번에 오는 길에 아공간 주머니 세 개에 식량을 가득 채워 왔으니 버티기만 하면 돼요."

"그래 봐야 1만이 넘는 우리 일족의 하루 이틀 식사 분량밖에 안 된다는 사실을 잘 알잖니."

"더 용량이 큰 아공간 아이템을 구해 볼게요. 통신으로 말씀을 드렸듯 아니테라에서 제작한 타이탄의 경우 전용 아공간 카드가 있어서 기존에 알파급 타이탄을 수납하는 용도의 아공간 주머니가 많이 풀렸으니 이전보다 쉽게 구할 수 있을 것 같아요."

"그래 봐야 오래 견딜 수 없어. 마수의 숫자가 나날이 늘어나는 상황이니까. 그리고 오늘은 운이 좋았지만 언제까지 그렇게 운이 유지될 거라고는 장담할 수도 없고."

바아델이 그렇게 말하자 아그네스는 더 이상 입을 열지 않았지만 고향을 버리고 도망을 치는 것이 서럽고 아쉬운지 굵은 눈물을 뚝뚝 흘렸다.

"조금만 시간이 더 있었다면 드워프족의 도움을 받아서 우리도 자체 타이탄을 개발할 수 있었을 텐데, 너무 아쉽구나."

"이곳에 드워프족이 있습니까?"

놀란 가온의 질문에 바아델이 '아차' 하는 얼굴이 되었지만 이내 고개를 끄덕였다.

"있어요. 던전을 공략할 당시 어렸거나 공략하는 과정에서 심한 내상이나 외상을 입어 기동이 어려운 이들이지만요. 그래도 그들 중 일부가 결혼을 해서 2세를 낳고 선대의 지식과 기술을 전해 주었지요."

"얼마나 됩니까?"

"지금까지 살아남은 드워프는 52명이에요."

세상에! 진짜 드워프족이 남아 있을 줄이야.

'그럼 여우족의 뛰어난 기술력은 드워프족에게서 흘러나온 거구나.'

이제야 여우족이 뛰어난 아이템을 만든 비밀을 알 수 있었
다.

'어떻게든 드워프족을 영입하고 싶은데 가능할까?'

드워프족이라면 현재 가온이 고심하고 있던 제련 및 제철
시설의 확보 문제가 해결될 수 있을 것 같았다.

'과연 이들이 드워프를 만나게 해 줄까?'

이전이라면 몰라도 어디론가 떠날 생각을 하는 마당이니
가능성은 충분했다.

드워프

가온은 바로 드워프를 만나 보고 싶다는 얘기를 바로 꺼내 지는 않았다. 바아델이나 원로들의 경계하는 반응에서 그러면 안 된다는 느낌을 받았기 때문이다.

"여러분이 이곳에 자리를 잡은 지 얼마나 되었습니까?"

"대략 200년 전이었지요."

드워프의 수명은 엘프에 비하면 짧지만 그래도 인간에 비하면 길어서 대략 250년에서 300년까지 산다. 그러니 현재까지 살아남은 드워프는 대부분 던전 사태 이후에 태어난 이들일 것이다.

강력한 전투 무기인 타이탄을 팔겠다고 해서 그런지 족장인 바아델은 물론 다른 원로들도 가온에게 강한 친근감을 표현하고 있었다.

'물어보자!'

"드워프족은 한 번도 본 적이 없어서 그런데 혹시 그들을 만나 볼 수 있을까요?"

"그건 어렵지 않아요. 그들은 여우성의 지하 깊숙한 곳에 있는 용암지대 근처에 살고 있으니까요."

생각보다 긍정적인 답이 쉽게 나왔다.

"그럼 나중에 부탁드리겠습니다. 그리고 타이탄은 지금 바로 내드릴 수 있습니다."

"그럼 구경을 좀 해도 될까요?"

"물론입니다."

공간은 충분했기에 가온은 그 자리에서 바로 10기의 타이탄이 봉인된 아공간 카드 열 장을 꺼냈다.

"이것이 타이탄 전용 카드로군요. 아직 열두 마녀 측에서도 개발하지 못한 아이템을 상용화했다니 참 대단하네요."

가온은 원로들의 감탄 가득한 눈길을 받으면서 타이탄을 소환하는 모습을 보여 주고 간단하게 시범 기동까지 했다.

거대한 공동 안에는 이 공동을 만들 때 나온 것으로 보이는 거대한 바위들이 구석에 쌓여 있었는데, 그중 일부를 주먹과 발로 타격하거나 검기를 발현해서 베는 모습을 보여 주었다.

"역시 타이탄이네요!"

원로들은 모두 바깥세상을 여행한 경험이 있는 이들이라서 타이탄에 대해서는 꽤 많이 알고 있었기에 더욱 놀랄 수밖에 없었다. 그들이 알고 있었던 타이탄보다 더 민첩한 움직임과 강력한 전투력을 지니고 있었기 때문이다.

"당장 구입할게요!"

가온은 그 자리에서 여우족에게 타이탄들을 넘기고 그에 상응하는 마정석을 대가로 받았는데, 상급은 200여 개밖에 되지 않았지만 중상급과 중급 마정석의 양이 어마어마했다. 각각 10만 단위에 달했으니 말이다.

'안 그래도 마법사용 타이탄 때문에 중상급 마정석이 많이 필요했는데 잘됐네.'

하지만 거래가 끝난 것은 아니다. 타이탄 기동훈련은 물론 정비 기술에 대한 교육이 남아 있었다.

다행히 그 부분은 여우족 원로들도 채근할 생각은 없어 보였다. 그저 이런 상황이 아니면 일족의 삶을 한층 더 풍요롭게 해 줄 타이탄을 그들이 생각하는 용도로 사용할 수 있는 최선의 방책을 마련하기 위해서 머리를 맞댔다.

"오늘 당장 타이탄 라이더를 선발해야겠어요!"

가온이 이렇게 빨리 올 줄 몰랐기에 라이더를 미리 선발해 두지 않아서 할 일이 많았다.

원로들은 계급 순으로 라이더를 선발하자는 의견과 시간은 좀 걸리더라도 이 기회에 실전에 가까운 대련을 통해서

라이더를 결정해야 한다는 의견을 두고 팽팽한 대립을 했다.

'아무래도 시간이 걸리겠네.'

어차피 내일이면 릴센으로 떠나야 하는 자신과는 상관이 없는 얘기지만 따분했다.

가온은 여우족 원로들에게 괜찮다면 오늘 드워프를 만나고 싶다고 부탁했다.

"원래 드워프의 존재는 우리를 포함한 극소수의 여우족만 아는 비밀이고 일반적인 경우라면 절대로 만남을 허락할 수 없지만, 타이탄 10기를 흔쾌히 판매해 준 온 경에게는 예외로 할 수밖에 없겠네요. 그렇게 하세요."

만약 가온이 아니었다면 여우족은 절대로 타이탄을 구입할 수 없었을 것이다. 그래서 가온의 생각보다 훨씬 고마워하는 것이다.

덕분에 가온은 생소한 여우족 대신 익숙한 아그네스의 안내를 받아서 여우성의 지하로 향할 수 있었다.

드워프족의 거주지는 여우성의 공동에서 수직으로 대략 100미터 정도 아래에 있었지만 그곳까지는 좁고 경사가 심한 계단으로 이루어져 있었다.

오래전에 벽이나 천장에 설치했던 발광석들도 시간의 흐름을 이기지 못하고 빛이 흐릿해지거나 꺼진 것들도 많아서 가온은 몰라도 아그네스는 무척 긴장한 상태로 내려가야만 했다.

그렇게 도착한 곳은 지상의 공동보다 족히 열 배는 더 큰 거대한 공동이었다.

높이가 무려 30미터에 달했고 안에는 곳곳에 뿌연 증기가 피어오르는 붉은 호수들이 있어서 시야가 극도로 제한되어 공동 안을 제대로 살펴볼 수 없었다.

후끈!

공동 아래로 내려간 두 사람을 가장 먼저 반긴 것은 드워프족이 아니라 피부를 태워 버릴 것처럼 강렬한 열기였다.

열기의 근원지는 공동 곳곳에 널려 있는 호수였다.

"용암 호수들이군."

호수의 물은 용암으로 보였는데 고열과 함께 유황이 섞인 유독성 증기를 내뿜고 있었다.

"너무 더워요!"

여우족이라서 그런지 수인화를 하지 않은 현재 몸에도 가늘고 짧은 털이 많이 난 아그네스의 얼굴에는 벌써 굵은 땀이 비 오듯 흐르고 있었다.

흰 피부는 벌써 벌겋게 달아올랐고 숨을 쉬는 것조차 힘들어하며 혓바닥을 내밀고 빠르게 헐떡거렸다.

'여우도 갯과 동물이니 당연할 수도 있겠네.'

그런 상태지만 아그네스는 전에도 이곳을 와 봤는지 빠르게 이동을 했는데, 5분 정도 이동한 끝에 도착한 곳은 뜻밖에도 텅 비어 있었다.

"어? 다 어딜 간 거지?"

단단한 화강암을 깎아서 만든 돌집과 용도를 알 수 없는 건물의 숫자는 대략 40개 정도였는데 아무도 보이지가 않았다.

집들을 둘러봤을 뿐 아니라 집 안까지 들어가 본 아그네스의 얼굴이 심각해졌다.

그녀를 따라 몇 집을 들어가 본 가온의 얼굴에도 짙은 실망감이 떠올라 있었다.

돌집 안은 텅 비어 있었다. 기본적인 세간을 비롯해서 남아 있는 물건이 하나도 없었기 때문이다.

"제련 시설과 대장간 건물까지 사라진 것을 보니 아무래도 드워프족이 이곳을 떠난 것 같아요."

근처에 있는 용암 호수 쪽으로 갔던 아그네스가 돌아와서 말했다.

"위로 올라갔다면 당연히 여우족이 알았을 텐데 그럼 굴을 팠을까요?"

"그건 알 수 없지만 암석을 흙처럼 다루는 드워프족이라면 충분히 가능해요. 저는 이 사실을 원로들께 알려야 할 것 같은데 온 님은 어떻게 하시겠어요?"

"전 주위를 좀 돌아보겠습니다. 다녀오십시오."

혹시 모른다. 드워프족이 이곳을 떠난 것이 아니라 그저 자리를 옮긴 것일 수도 있었다.

아그네스가 이전보다 더 빠르게 헐떡거리며 서둘러 계단 위로 뛰어 올라가는 모습을 본 가온은 투명 날개를 장착한 후 공동 위로 날아올랐다.

열기는 소드마스터인 그에게 별문제가 되지 않았다. 바디 체인지를 한 육체가 아니더라도, 두 번째 피부를 이루고 있는 파르가 열기를 차단했고 콧구멍에도 다중 필터를 만들어서 공기 중에 함유된 열기와 해로운 성분을 걸러 냈기 때문이다.

심안 스킬을 펼쳐 증기를 뚫어 볼 수 있는 가온은 유유히 날아서 거대한 공동을 돌아봤다.

처음에는 유황 연기가 피어오르고 분출되는 용암이 장관인 용암 호수들이 눈길을 끌었지만 시간이 지나자 그것도 시들해서 빠르게 움직였다.

그렇게 넓은 공동을 돌아다니던 가온의 눈에 이곳과 어울리지 않는 장소가 눈에 들어왔다.

'돔?'

크고 작은 바위를 쌓아서 만든 반구형의 돔 형태를 하고 있는 거대한 건물이 다른 용암천과 달리 선명한 흰색으로 보이는 용암이 끊임없이 출렁이는 용암 호수 바로 옆에 자리를 잡고 있었다.

'떠난 것이 아니야!'

가온의 상식이 맞는다면 붉거나 노랗게 보이는 용암보다 흰색으로 보이는 용암이 훨씬 더 온도가 높다.

'보다 온도가 높은 용암을 찾아서 이주를 한 거야.'

그래도 열기를 피하기 위해서 돌을 깎아서 반구형의 돔을 만들어 열기를 차단한 것 같았다.

당연히 돔 안쪽에는 드워프의 거주지와 작업장이 있을 것이다.

가온은 바로 돔 근처에 착륙한 후 돔 쪽으로 향했는데 입구가 보이지 않아서 돔을 따라서 돌았다. 그리고 그러다가 드워프와 대면할 수 있었다.

"누구냐?"

상대는 아이테르 공용어를 사용하고 있었는데 특별히 긴장한 상태는 아니었고 정말 누군지 궁금해서 묻는 것으로 보였다.

'드워프다!'

자신의 가슴 높이에 오는 작은 키였지만 사각형에 가까울 정도로 근육이 발달한 몸에 부리부리한 눈과 무성하게 자란 수염으로 인해서 강인해 보이는 외모를 가지고 있는 두 사람이 거대한 도끼 창을 들고 나타났다.

"온 훈이라고 합니다. 여우족의 손님입니다."

가온은 쓸데없는 신경전을 피하기 위해서 자신의 기도를 살짝 개방하며 자신을 소개했다.

"여우족의 손님이라고? 그치들 비행 마수 때문에 곧 이곳을 떠날지도 모른다고 했는데?"

"골란, 상대는 엄청난 강자다! 당장 족장님을 모셔 와!"

외모는 비슷했지만 수염이 더 길고 노출한 상체에 흉터가 가득한 드워프가 흠칫 놀라더니 그렇게 외쳤다.

"여기에서 잠시 기다려라!"

가온은 굳이 척질 필요가 없어서 나이가 든 드워프의 말을 따르기로 했다.

긴 수염을 가지고 있지만 상대적으로 나이가 어린 드워프가 그 통통한 몸에 어울리지 않게 빠르게 건물들 사이로 모습을 감추었다.

"내가 본 인간 전사 중 가장 강하군. 나는 드워프 전사 베고른이다."

"반갑습니다."

베고른은 익스퍼트 중급, 그 옆의 전사는 초급 경지였다.

'막연하게 드워프족은 대장장이로만 알고 있었는데 전사들의 실력도 괜찮네.'

무성하게 자란 수염으로 인해서 나이를 짐작하기는 어렵지만 눈빛을 보니 베고른은 기껏해야 중년 정도였고 족장을 찾아간 골란은 많이 어려 보였다.

"인간이 이곳에는 무슨 일인가? 여우족도 식량과 무기를 교환할 때가 아니면 내려오지 않는 곳인데. 더구나 며칠 전에 찾아와서는 비행 마수가 나타났다며 도움을 주지 않으면 멀리 이주할 수밖에 없다고 했었지."

"이곳에 사는 여우족과는 관계가 없는 사람입니다. 일이 있어 들렀다가 성의 지하에 순혈에 가까운 드워프족이 살고 있다고 해서 만나 보고 싶어서 찾아왔습니다."

"흐음. 우리 일족이 숫자는 적지만 순혈인 것은 맞지. 혹시 비행 마수가 나오는 던전을 공략하기 위해서 여우족이 초청한 건가?"

"그건 아닙니다."

"그럼 상인인가?"

"비슷하다고 할 수 있습니다. 여우족과 타이탄 거래를 하기 위해서 방문했습니다."

"타이탄? 그럼 여우족에게 타이탄을 판매하기 위해서?"

타이탄이라는 단어를 들은 베고른은 이전보다 훨씬 더 강렬한 반응을 보였다.

"그렇습니다. 우리 아니테라 시티는 고대의 유물을 연구해서 타이탄을 생산하고 있습니다."

"허어! 귀빈이었군. 이럴 게 아니지. 족장의 전언을 기다릴 필요가 없겠어. 나와 함께 마을로 가지."

"그래도 됩니까?"

"당연히 되지. 안 그래도 타이탄 연구 개발이 지지부진한 상황이었는데 잘 왔네."

예지몽으로
히든랭커

베고른은 타이탄 얘기를 듣자 분위기가 대번에 바뀌어 가온을 마을 안쪽으로 안내했다.

'드워프족이 타이탄을 연구하고 있었다는 말이 사실이구나.'

과연 드워프족은 타이탄에 대해서 얼마나 많이 연구를 했을지 궁금했다.

베고른을 따라 돔 안으로 들어간 가온은 아까 봤던 돌집들과 비슷한 돌집들이 보이자 이곳이 드워프족의 새로운 마을이라는 사실을 확신했다.

"저곳이 우리 족장이 지내는 곳이다."

베고른이 안내한 건물은 집이라기보다는 공회당과 같은 건물인데 이곳 역시 화강암을 통째로 깎아서 만들어서 그런지 돔의 바깥보다 한결 서늘해서 시원하게 느껴졌다.

두 사람이 그 건물에 도착했을 때 골란이라는 청년 드워프가 밖으로 나왔다.

"안에서 족장님이 기다리고 있습니다."

담 따위는 없었지만 벽은 있었기에 안으로 들어가니 긴 턱수염의 절반 이상이 하얗게 변한 건장한 체격의 드워프 노인이 보였는데 그 옆에는 중년으로 보이는 인간도 있었다.

'드워프족만 사는 곳이 아니었구나.'

생김새로 보아하니 여우족은 아닌 것 같은데 신기했다. 인간이 왜 드워프와 함께 이곳에 살고 있는지 궁금했지만 그걸 질문할 기회는 없었다.

"이분이 우리 드워프족의 족장이신 라트렌 님이시다. 족장님, 이 인간은 온 훈이라고, 여우족이 아니라 다른 시티에서 타이탄을 팔기 위해서 방문했다고 합니다."

베고른의 소개가 끝나자 드워프족의 족장인 라트렌이 입을 열었다.

"여우성에 타이탄을 팔았다는 말이 사실인가?"

막 가온이 대답을 하려고 했을 때 동석한 중년 남자가 동일한 내용을 다시 말해 주었다.

'뭐지? 아!'

그러고 보니 라트렌을 소개할 때 베고른은 공용어를 썼지만 라트렌은 다른 언어를 사용했다. 공용어를 모르든지 아니면 드워프어를 고집하는 성격이 아닐까 싶었다.

현재 자신은 차원 의뢰의 특전으로 인해서 아이테르 차원의 공용어나 드워프어를 모르는 상황에서 상대와 의사소통이 가능했다. 그 사실을 모르는 라트렌은 통역을 대동한 것이다.

"그렇습니다. 1시간 전에 마정석을 받고 알파급 타이탄 10기를 넘겨주었습니다."

가온은 의식적으로 드워프가 구사한 언어로 말하겠다는 의지를 강하게 세운 상태로 대답을 했는데 라트렌은 물론 중년 남자도 경악했다.

"우리 드워프어를 알고 있었군!"

역시 가능했다.

"그렇습니다."

"으하하하! 그렇지. 드워프를 만나러 왔으면 당연히 드워프어를 알아야지. 뭐 우리에게도 선조들이 남긴 통역 아이템이 있어서 대화는 할 수 있지만."

라트렌은 가온이 드워프어를 구사한다고 생각하자 불퉁했던 표정을 지우고 환하게 웃었다.

젊은 드워프들은 여우족 덕분에 인간의 공용어를 어느 정도 구사할 수 있었지만 그는 배울 생각도 그럴 시간이나 여유가 전혀 없었다.

'얼마 남지 않은 선대의 지식과 기술 그리고 경험을 내 것으로 만들어 아이들에게 전하는 것만으로도 잠잘 시간이 부족한데 인간들의 공용어는 무슨!'

무엇보다 인간의 언어로는 선대로부터 전해 받은 드워프의 넓고 깊은 지식을 표현할 수가 없었다.

"테오, 자네는 가서 일을 봐도 좋네."

"알겠습니다, 족장님."

테오라고 불린 중년 남자는 가온이 드워프어를 구사한다는 사실이 믿을 수 없는지 몇 번이나 가온을 쳐다보며 밖으로 나갔다.

그 후 라트렌은 처음에 보인 태도와 달리 호기심이 가득한 얼굴로 전혀 상상하지 못했던 내용을 언급했다.

"호, 혹시 우리에게도 타이탄을 팔 수 있나?"

족장의 태도로 보아 무슨 이유에서인지는 모르겠지만 드워프족은 타이탄을 간절하게 원하고 있었다.

이렇게 되면 가온의 입장이 아주 편해진다.

"대가가 맞으면 당연히 가능합니다. 그런데 왜 타이탄이 필요합니까?"

여우족이 어떻게 할지는 알 수 없지만 그들이 떠난다고 해도 계속 지하 깊숙한 이곳에서 살아갈 드워프들이 타이탄을 필요로 할 일은 없을 것 같았다.

"복수!"

"복수요?"

"그렇다네. 번성했던 우리 일족을 이렇게 만들고 오랫동안 우리를 지켜 주었던 여우족을 이곳에서 떠나게 만든 마수와 몬스터 들을 쏟아 낸 던전을 부숴 버릴 걸세. 타이탄도 거의 다 완성되었는데 결정적으로 부족한 부분이 몇 곳이 있네. 몇 기만 해체를 해 보면 우리도 타이탄을 만들 수 있을 거야!"

가온이 살짝 고개를 갸웃했다. 자신들의 선조들이 떼죽음을 당한 던전이 아니라 새롭게 생성된 던전에 복수심을 불태우는 라트렌의 사고방식이 이해가 가질 않았다.

"듣기 거북한 질문이겠지만, 안 할 수가 없군요. 복수를 하기에는 전력이 너무 약한 거 아닙니까?"

남은 드워프를 다 합해 봐야 52명이라고 들었는데 모두 전사도 아닐 테니 타이탄이 더해진다고 해서 전력이 크게 강화될 것 같지 않다.

"타이탄만으로는 당연히 부족하지. 우리는 마나포를 사용할 생각이네."

"마나포요?"

"인간은 거치 방식으로만 활용하고 있지만 우리는 그동안 자체적으로 개발하고 있는 타이탄이 사용할 수 있도록 경량화와 소형화를 진행했고 보름 정도면 시제품이 나올 걸세. 타이탄의 마나 증폭 능력까지 고려하면 트롤이나 오우거도 대여섯 발이면 피 떡으로 만들 정도로 엄청난 위력을 발휘할 걸세."

참으로 신박한 아이디어이기는 했다.

'아! 그래서 비행 마수를 상대해야 할 여우족이 타이탄을 구입한 거로군.'

가온 앞에서는 의뭉을 떨었던 여우족도 드워프족이 개발하고 있는 휴대용 마나포가 곧 완성될 거라는 사실을 알고 있었을 것이다.

"비행 마수를 상대로는 어떻습니까?"

"그건 확신할 수 없지만 100보 이내로 들어오면 충분히 사냥할 수 있다고 장담하네."

이건 완전히 지대공 미사일이다. 확실한 건 직접 눈으로 봐야 알겠지만 드워프들은 지구로 생각하면 휴대용 미사일에 해당하는 무시무시한 무기를 개발한 것이다.

"그래서 전사는 몇 명이나 됩니까?"

"흐음. 그건, 나까지 포함해서 열여섯 명이네."

"아무리 마나포를 소지했다고 해도 타이탄 16기로는 수천 마리에 달하는 비행 마수를 사냥하는 것은 고사하고 목숨을 지키기도 힘들 겁니다."

마나포야 마정석만 있으면 얼마든지 쏠 수 있다고 해도 비행 마수들이 그냥 당하고만 있을 리는 없다. 한 번에 수백 마리가 일제히 공격을 감행한다면 마나포가 있어도 처리할 수가 없었다.

"그렇게 많나? 여우족이 한 말과는 다른데. 그들은 200, 많아 봐야 400마리 정도라고 했네!"

"그건 잘 모르겠지만 아마 상황이 급격하게 변했을 겁니다. 현재 여우성의 상공을 날고 있는 하피와 그리핀만 해도 각각 200마리나 됩니다. 게다가 이곳에 막 도착했을 때 놈들이 교대를 하더군요. 그것을 감안하면 1천여 마리는 될 것이고 던전 안에서 나오지 않았을 놈들까지 고려하면 최소 2천 마리입니다."

가온의 설명에 라트렌의 얼굴이 딱딱하게 굳었다.

"흐음. 거기까지는 생각해 보지 않았는데…… 여우족의 도움을 받아야 하나? 아니, 그것도 아닌가? 그리핀이나 하피에게는 통하지 않아도 강력한 환상 계열의 주술을 사용하는 주술사들이라면 몰라도 전사들의 능력은 너무 약한데. 우리가 마나포를 개발해서 넘겨준다고 해도 타이탄을 탄 상태에서 마나포를 제대로 쏠 수나 있을지 몰라. 쯔쯧!"

곧 시제품이 나올 마나포는 소형화, 경량화를 했다고 해도 여전히 무력에 차이가 큰 모양이다.

"제가 도울 수 있을 것 같긴 한데, 조건이 있습니다."

"어떻게 돕는다는 거지? 그리고 조건은 뭔가?"

"제 휘하에 엘프 전사들이 있습니다. 그들과 함께 던전을 공략하면 어떻겠습니까?"

"호오! 엘프 전사들을 거느리고 있다니 대단한 인간이었군. 만나 본 적은 없지만 조상님들에게 들은 뾰족 귀들의 성정과 실력이라면 믿을 만하지. 조건은 뭔가?"

"다만 그 전에 엘프족처럼 제게 귀속되는 계약을 해야 합니다."

"귀속? 자네의 노예라도 되라는 건가?"

화가 난 라트렌이 무시무시한 살기를 뿜어냈다.

"그게 아닙니다. 일단 제 설명을 들어 보시죠."

가온은 자신의 영혼과 연결된 아니테라에 대한 설명에 이어서 던전화된 공간에서 본래 차원과 단절되어 살고 있었던 엘프족의 얘기를 해 주었다.

"엘프족은 제가 요청할 때마다 무력을 제공하는 대신 살기에 좋다고 생각되는 땅을 발견하면 언제든 계약을 파기하는 조건으로 아니테라에 거주하기로 했습니다. 하지만 여러분의 경우 제가 간절하게 필요로 하는 능력을 가지고 있어 같은 조건으로 계약할 수는 없습니다."

"그럼 어떤 조건인가?"

"이곳 시간으로 30년만 제가 원하는 일을 해 주시면 됩니다. 그 후에는 자동으로 귀속 계약이 해제되어 원하는 곳으로 이주할 수 있습니다."

굳이 현재 아니테라의 시간이 이곳 대비 5배나 빠르게 흐르고 있다는 사실은 알려 줄 필요가 없었다.

"한번 가 볼 수 있나?"

"당연히 보고 결정을 해야지요. 이왕이면 모두 가 보고 다수결로 결정하십시오. 아니테라로 건너가는 것은 1회에 한정한 계약만으로 가능하니까요."

"알겠네. 잠시만 기다려 주게. 이곳으로 옮겨 온 지 얼마 되지 않아서 몇 명을 제외하고는 다들 고로 작업을 하고 있는데, 주술진으로도 몸에 좋지 않은 연기를 제대로 정화하기 힘들어서 몇 시간에 한 번씩 휴식을 하러 나올 걸세. 그때 얘기를 해서 동의하면 그렇게 해 보겠네."

용광로와 같은 제련 및 제철 시설이 있는 곳은 따로 있는 모양이다.

"혹시 거주지를 옮긴 것이 고로 작업과 관련이 있습니까?"

"맞네. 우리가 이제까지 이용하던 용암 호수의 온도가 낮아져서 용암의 온도가 가장 높은 이곳으로 옮겨 왔지."

"그럼 기다리겠습니다."

"그런데 타이탄을 받는 대가로 뭘 원하나? 참고로 우리에게는 인간들이 사용한다는 골드라는 화폐는 없네."

"혹시 만들어 둔 무기들이 있습니까?"

"무기야 많지. 창고 다섯 개를 꽉 채울 정도니까. 선조들이 만든 명품을 빼고는 모두 줄 수 있네."

구체적인 숫자를 언급하지도 않았는데 창고 다섯 개를 꽉 채운 무기를 주겠다고 하는 것을 보니, 드워프족은 금전 감각이 부족한 것 같았다.

"한번 구경해도 되겠습니까?"

아무리 드워프가 타고난 장인이고 그들이 만든 아이템이 대단하다고 해도 직접 확인을 해야만 했다.

"바로 보여 주지. 내 장담하지만 마음에 들 걸세. 여우족에게는 비밀이네. 욕심이 많은 그들이 알면 난리가 날 걸세."

여우족이 모르는 무구라니 더 마음에 들었다.

드워프의 창고는 공동의 벽 한쪽에 있었다. 공동의 벽을 파서 건설한 창고의 숫자는 무려 40여 개나 되었는데 겉으로는 아무 표시도 나지 않았다.

라트렌에게 들으니 창고의 절반 이상이 다양한 종류의 광석과 제련한 괴들로 채워져 있고 다섯 개만이 제작한 무기를 보관하는 용도라고 했다.

드디어 무기 창고를 살펴본 가온은 내심 깜짝 놀랐다. 라트렌이 장담한 대로 그동안 드워프족이 만든 무기의 질은 대단했기 때문이다.

감정 스킬까지 사용해서 무기들을 훑어본 가온이 내심 탄성을 질렀다.

'휘유! 대부분이 희귀 등급이야!'

다양한 종류의 검과 도 그리고 창은 물론이고 방패까지 쉽게 찾아보기 힘든 물건들이었다.

재질도 단순한 강철이 아니었고 대량생산을 하는 주물 방식이 아니라 일일이 망치로 두드려서 만들었기 때문에 강도나 탄성 등이 아주 뛰어났다.

방어구의 품질도 아주 뛰어났다. 가죽 방어구는 거의 없고 체인메일과 합금으로 제작한 아머들이었는데 희귀 등급에 방어력이 아주 높았다.

이런 창고가 다섯 개라는 점을 고려하면 족히 수천 명은 무장시킬 수 있었다.

그동안 드워프들이 던전의 마수와 몬스터 들에게 얼마나 강렬한 복수심을 품고 있었는지 알 수 있었다.

다만 아이테르 차원에서는 검이나 도와 같은 무기를 구입한 적이 없어서 시세를 모르기에 잠시 고민을 했지만 화통하게 거래를 하기로 했다.

"익스퍼트, 아니 검기를 사용할 수 있는 전사는 몇 명이나 됩니까?"

"나까지 열여섯이네."

"좋습니다. 타이탄 16기를 내드리지요."

"마음에 드는 거래군. 그럼 굳이 해체할 필요가 없이 곧 완성될 마나포를 추가로 쓸 수 있도록 개조만 하면 될 것 같군. 그런데 조종법도 가르쳐 주는 거겠지?"

그거야 당연한 일이다. 드워프족은 타고난 장인이니 금방 타이탄에 익숙해질 것이다.

가온은 알파급 타이탄 16기가 봉인되어 있는 카드를 주고 창고 다섯 개 분량의 무기를 챙길 수 있었다.

"아! 혹시 타이탄이 쓸 수 있는 대형 무기도 있습니까?"

없다면 주문을 할 생각이다.

모라이족 장인들의 손재주도 뛰어나지만 드워프족이라면 더 뛰어난 무기를 만들 수 있을 것 같았다.

"그건 없지만 금방 만들 수 있네. 몇 개나 필요한가?"

"많으면 많을수록 좋습니다. 가격은 중급 마정석으로 치르겠습니다."

어차피 예비용으로 사용할 생각이다.

"좋네. 어차피 타이탄을 사용하려면 우리도 필요하니 그렇게 하도록 하지. 우리 일족이 전력을 다하면 하루에 대검 100자루는 만들 수 있네."

일족의 총인구가 50명 정도임을 고려하면 정말 무시무시한 생산력이었다.

"그럼 일단 100자루를 부탁드리겠습니다."

"그야 어렵지 않네."

그렇게 양측은 서로 만족할 수 있는 거래를 마쳤다.

새로운 주민들

    그런데 라트렌은 대검 100자루에 대한 대가로 특별한 것을 원했다.

    "혹시 대가로 곡물이나 고기를 줄 수 있나?"

    "가능합니다만 여우족이 충분하게 공급하지 않나요?"

    "처음에는 안 그랬는데 나날이 가격이 높아지고 있네. 이곳에서 구할 수 없는 광석이나 식량 등 생필품은 물론이고 유독가스를 정화시키는 주술진도 이전보다 몇 배나 더 많은 물건을 넘겨줘야만 했네. 그래서 우리도 좋은 아이템은 거래에서 빼고 있지."

    겉보기에는 상부상조를 하는 것 같은데 실상은 서로 믿지 못하는 상황인 것 같았다.

그래서 서로 만족할 수 있는 거래를 할 수 있게 되었으니 가온 입장에서는 여우족이 고마울 수밖에 없었다.

그렇게 거래를 일단 마쳤지만 가온은 아직 구입하고 싶은 것이 더 있었다.

"마나포가 보름이면 완성된다고 했지요?"

"맞네. 마나포를 가지고 싶나?"

"그렇습니다. 마나포가 있으면 타이탄의 전투력이 더욱 높아질 것 같습니다."

아직 마나포를 직접 확인한 것은 아니지만 드워프족이 심혈을 기울여서 개발해 왔다면 위력은 충분히 짐작할 수 있었다.

"그럼 당장 거래를 하지. 중급 마정석이 필요하네."

"네? 마나포는 아직 시제품도 안 나온 거 아닙니까?"

"그건 소형이고 경량화가 적용되지 않은 중형과 대형은 이미 개발이 끝나서 상당한 재고를 쌓아 두고 있네. 여우족에게 들었는데 더 체구가 큰 타이탄도 있다고 하던데 그런 타이탄이라면 충분히 사용할 수 있네."

무겁고 커서 거치한 상태로 사용하는 마나포라는 얘기였다.

"제원이 어떻게 됩니까?"

라트렌이 설명하는 중형 마나포와 대형 마나포의 제원을 들은 가온은 베타급이라면 지금 당장 사용할 수 있다고 생각했다.

아마 라트렌도 가온이 베타급 타이탄을 가지고 있을 거라고 생각해서 제의를 한 것이리라.

유일한 문제는 중형과 대형 마나포의 구동원이 중상급과 상급 마정석이라는 것이지만, 그 역시 가온에게는 문제가 되지 않았다.

'중량이 문제지만 경량화는 엘프족 인챈트 마법사들의 역량으로도 충분히 가능해.'

드워프 장인이 인챈트하는 모습은 보지 못했지만 수준이 낮을 거라는 사실은 확실했다.

"수량이 얼마나 됩니까?"

타이탄이 마나포까지 사용할 수 있다면 전력은 단숨에 몇 배나 증가할 것이다. 욕심이 안 날 수가 없었다.

"대형은 150문, 중형은 1천 문까지 거래할 수 있네."

마나포는 마정석이나 마나석만 있으면 계속 사용할 수 있다고 들었는데, 정말 엄청난 물량을 생산해 두었다. 그만큼 던전 공략에 대한 의지가 강력하다는 얘기일 것이다.

"대형과 중형은 왜 개발한 겁니까?"

"본래 우리가 개발하려던 타이탄은 감마급이었네. 다만 참고할 자료가 너무 부족해서 욕심을 버리고 베타급에 도전했는데 그 역시 시간이 너무 걸릴 것 같아서 최근에 알파급으로 방향을 틀었지."

대형 마나포는 감마급, 중형은 베타급 타이탄 전용으로 먼저 개발한 것이다.

"좋습니다. 어떻게 대가를 치르면 되겠습니까?"

아이테르의 시티들은 몬스터 브레이크를 막기 위해서 성벽 위에 마나포를 거치하고 있는데 그동안은 관심이 없어서 가격조차 알아보지 않았다.

"여우족에게 들은 얘기를 참고하면 중급 마정석 10만 개는 받아야 할 것 같은데, 가능한가?"

"으음."

가온은 잠시 고민하는 모습을 보였지만 상대가 꿈쩍도 하지 않자 결국 받아들일 수밖에 없었다.

"좋습니다. 대신 한 번에 전부 드리는 것은 어려우니 한 달에 1만 개씩이라면 가능할 것 같습니다."

"하하하. 바로 사용할 것은 아니니까 그렇게 하지."

라트렌은 흔쾌히 조건을 받아들였다.

"그런데 마나포는 못 봤는데……."

"크흐흐. 아공간 아이템에 보관하고 있지. 혹시라도 여우족이 보면 안 되니까."

라트렌은 자신이 걸고 있던 목걸이를 풀더니 주먹 크기의 크리스털 펜던트에 마나를 주입해서 마나포를 꺼내기 시작했다.

'적어도 유물급의 아공간 아이템이네. 그나저나 대형은 몰

라도 중형은 베타급 타이탄이 충분히 사용할 수 있겠어.'

가온은 라트렌이 꺼내는 족족 자신의 아공간에 챙겨 넣고 마지막에는 미리 모둔에게 말해서 준비해 둔 아공간 주머니 하나를 통째로 건네주었다.

"좋은 거래였네. 아! 저기 일족들이 오는군."

마침 일을 하느라고 흩어졌던 드워프들이 하나둘 모이기 시작했는데 베고른에게 가온 얘기를 들었는지 다들 흥미로운 눈으로 그를 쳐다보고 있었다.

드워프족이 모두 모였다.

'노령층이 거의 없는 데다가 성비 불균형이 아주 심각하네.'

52명 중에서 수염이 흰 이는 넷밖에 없었고 어린아이는 여섯이었다. 나머지는 모두 형형한 눈빛에 근육이 잘 발달한 청년층으로 여성은 단 11명에 불과했다. 그리고 그중 네 명은 기혼이고, 나머지는 모두 미혼이었다. 즉 남성 드워프 중 결혼한 사람은 단 네 명밖에 안 된다는 사실이다.

드워프족은 원래 불과 열기를 다루는 종족이기 때문에 남성이 여성보다 많이 태어난다고 들었지만 현재 드워프족의 성비는 너무 심각했다.

더 큰 문제가 있었다. 그들은 순혈을 고집하고 싶어서 하는 것이 아니라 결혼할 상대가 없었다. 다들 가까운 친척 관계였다.

그렇다고 배우자를 찾는 것도 어려웠다.

같은 드워프 일족들이 사는 몇 곳의 위치는 선대로부터 들어서 알고 있었지만 너무 멀어서 안전을 담보하려면 최소 이삼십 명이 무리를 이루어 나가야 하는데 그렇게 되면 차라리 터전을 옮기는 편이 나았다.

물론 지금은 떠나고 싶어도 그럴 수가 없었다. 비행 마수들이 여우성을 벗어나는 생명체를 사냥하고 있었기 때문이다.

족장인 라트렌이 일족에게 가온의 제의에 대해서 설명을 했고 가온이 몇 명의 질문에 답한 후 드워프족은 회의에 들어갔다. 인원이 적어서 이런 식으로 결정을 하는 것 같았다.

얼마 후 라트렌이 기다리고 있던 가온에게 오더니 일단 아니테라를 방문하기로 했다는 말을 전했다.

"그럼 당장 가도록 하지요."

가온은 드워프들과 일일이 임시 귀속 계약을 맺고 아니테라로 넘어갔다.

"우와아!"

드워프들은 지하 공동에서 태어나서 지상으로 나가 본 적이 드물 뿐 아니라 나가 봐야 산속이라서 지평선이 보일 정도로 광활한 땅을 보고 정신적인 충격을 받았다.

영혼이 이어져 있었기 때문에 가온의 의사를 알고 있는 모둔은 자진해서 그들의 안내를 맡았다.

모둔은 엘프 마을부터 시작해서 새롭게 조성되고 있는 아카데미 부지가 있는 신도시까지 두루 구경을 시켜 주며 드워프들의 쏟아지는 질문에 상세하게 대답을 해 주었다.

드워프들은 다른 부분은 별로 관심이 없었지만 대규모 농경지와 목축장 그리고 양조장에 큰 관심을 드러냈다. 그들이 평소 그렇게 간절하게 보유하고 싶었지만 사정상 그럴 수 없었던 장소들이었다.

무엇보다 드워프들의 관심을 가장 많이 끈 대상은 다름 아닌 모라이족이었다.

"동족의 향기가 난다!"

"우리 일족 같은데 몸집이 작아!"

"우리처럼 멋진 몸은 아니지만 그래도 봐줄 만하네."

"쇠 냄새도 나지만 식물 냄새도 나!"

드워프들은 대번에 모라이족의 피에 자신들의 피가 섞여 있음을 알아차렸고 그들에게 친근감을 느꼈다.

일부는 모라이족 전사들이나 처녀들에게 뜨거운 시선을 보내기도 할 정도였다.

그렇게 아니테라를 대충 돌아본 드워프들이 마지막으로 향한 곳은 바로 타이탄 공방이었다.

"허업!"

모라이족과 엘프족 그리고 나가족 장인들이 합심해서 타이탄과 기가스를 만들고 있는 생산 라인을 돌아본 드워프들의 얼굴은 잔뜩 상기되어 있었다.

자신들이 오랫동안 개발하고 있는 타이탄이 여기에서는 반자동으로 완성되고 있었기 때문이다.

전사들은 완성된 타이탄에 정신이 팔렸고 장인들은 생산 라인에서 자신이 맡은 부품을 조립하거나 정교한 마법 회로를 새기고 있는 이들을 부러운 눈으로 쳐다봤다.

당장이라도 저기에 끼어서 타이탄을 만들고 싶다는 생각이 가득했기 때문이다.

마지막으로 간 곳은 노철 광산으로 드워프들은 보는 것만으로도 이곳에 철을 포함한 다양한 금속이 대규모로 매장되었다는 사실을 알아차리고 광적인 반응을 보였다.

나중에 들었는데 그들이 조상 대대로 살아왔던 여우성이 위치한 곳 인근은 이제 광맥이 고갈되어 가는 상태였다고 했다.

그렇게 모둔의 안내를 받아 아니테라 곳곳을 둘러본 드워프들 앞에 가온이 다시 모습을 드러냈다.

"어떻습니까?"

"굉장히 좋은 곳인 것 같습니다. 희한하게 거의 모든 광물이 한데 모여 있군요. 그런데 왜 이렇게 대단한 노천 광산을 방치하고 있는 겁니까?"

임시지만 귀속 계약을 한 상태이기도 하지만 가온에 대한 생각이 바뀌어서 그런지 라트렌의 어투가 바뀌었다. 이곳으로 건너올 때만 해도 가온을 아주 편하게 대했지만 모라이족의 족장인 알름의 말을 듣고 가온이 이 거대한 세상의 주인이라는 사실을 확실하게 깨달은 것이다.

"채광할 인력도 부족하고 무엇보다 제련 및 제철 시설이 없어서 개발을 못 하고 있습니다."

"만일 저희 일족이 이곳에 자리를 잡게 되면 이 광산들을 개발할 수 있게 해 주시겠습니까?"

"당연한 일입니다."

다른 종족들은 이곳에 아무런 관심이 없었다.

"혹시 근처, 아니 멀어도 상관은 없는데 석탄 광산이 있습니까?"

"그건 알 수 없습니다. 한 번도 그쪽 조사를 해 보지 않았으니까요. 그런데 이곳만 해도 꽤 많은 종류의 광석들이 대량으로 매장되어 있으니 석탄 광맥 역시 존재하지 않을까요?"

"잠깐만 저희끼리 의논할 얘기가 있습니다."

가온에게 잠시 자리를 비켜 줄 것을 요청한 라트렌은 일족들과 다시 회의를 했는데 이번에는 금방 끝났다.

"저희 일족도 이곳에서 살 수 있게 해 주십시오. 30년이 아니라 100년이라도 헤루스를 위해 봉사하겠습니다!"

"좋습니다. 그렇게 하지요."

상대가 알아서 계약 기간을 늘린다면 당연히 받아들여야

한다.

"그리고 제련소와 제철소 시설은 저희가 살던 곳에 있는 것을 통째로 옮겨 왔으면 좋겠습니다."

"아, 그래요? 잘됐군요."

안 그래도 용광로를 포함한 제련 및 제철 시설이 꼭 필요했는데 정말 잘된 일이다. 드워프족을 확보하니 자연스럽게 따라오는 것이 너무 많았다.

"어디에 자리를 잡고 싶습니까?"

"이 근처에서 강과 가까운 곳이라면 어디라도 좋습니다. 제련과 제철 시설에는 풍부한 물이 필수적이기도 하고 이런 대형 공방이 가깝게 있으니 더욱 좋습니다."

라트렌은 제련소와 제철소가 타이탄 공방과 가까운 곳에 자리를 잡아야 한다고 생각하는 모양이다.

"그럼 일단 머물 곳이 필요한데, 아! 혹시 전에 살던 집들을 통째로 옮겨 오면 되겠습니까?"

"그게 가능할까요?"

그렇게 묻는 라트렌의 눈이 커졌다. 그게 가능할 거라고는 생각조차 하지 못했던 것이다.

"생각해 보니 바닥은 불가능할 것 같네요."

연결이 되어 있는 벽과 천장은 몰라도 바닥은 따로 설치한 것이 아니라 그곳의 지반이었기 때문이다.

"집을 통째로 옮겨 올 수 있다면 바닥은 저희가 알아서 하겠습니다."

그렇다면 어려운 일이 아니다. 아니테라라고 부르는 생명의 아공간 역시 자신의 영혼과 연결된 아공간인 것이다.

라트렌과 함께 아이테르 차원으로 건너간 가온은 드워프들의 집과 건물을 통째로 아니테라로 옮겼다.

아공간의 주인이기에 의지만으로도 드워프들이 얘기한 장소로 즉시 이동시킬 수 있었다.

그 후 제련소와 제철소 건물은 물론이고 용광로를 포함한 각종 설비와 도구 들은 물론 창고 건물들까지 모조리 옮긴 후에야 드워프족의 이주가 마무리되었다.

평소에 꿈꾸던 천국과 같은 곳으로의 이주는 끝났지만 라트렌을 비롯한 드워프족은 마음에 걸리는 것이 남아 있었다.

"남을 친구들이 문제군요."

"남을 친구요?"

라트렌의 말에 가온이 무심코 그렇게 묻다가 생각해 보니 라트렌을 처음 만난 자리에 동석했던 테오라는 중년 남자도 있었는데 한두 명이 아닌 모양이다.

'왜 그동안 보이지 않았던 거지?'

드워프의 이주 과정 동안 인간은 본 적이 없었다.

"그들은 누굽니까?"

"여우족이 우리를 위해서 데리고 온 인간들입니다. 일부는 우리의 도제이기도 합니다."

"도제요?"

도제는 장인이 되기 위해서 장인으로부터 훈련을 받고 있는 사람을 말한다.

"저희 드워프족 인구가 너무 부족해서 원하는 작업을 할 수 없는 상황이라 여우족에게 말을 했더니, 인간 세상에서 성인 몇 명과 부모가 없는 아이들을 데리고 왔습니다. 우리를 도우면서 기술을 배운다면 다시 세상에 나갔을 때 충분히 밥벌이를 할 수 있을 거라고 해서 그 아이들, 아니 지금은 성년이 된 그 친구들을 받아들였습니다."

"그럼 테오는?"

"무슨 학자였다고 하더군요. 집안이 망해서 가족과 함께 그 아이들의 부모가 사는 마을에서 지냈다고 한 것 같았습니다. 이곳에서는 아이들을 관리하는 한편 가끔 여우족과 깊은 얘기를 나눌 때 통역을 부탁했었습니다."

"그들을 받아들인 게 언제입니까?"

"대략 13년 정도 되었습니다."

"숫자는요?"

"484명입니다. 그중에서 어른, 아니 그 당시 어른이었던 인간은 여덟 명에 불과합니다. 어쨌든 그 아이들 덕분에 제련소와 제철소는 물론 공방 작업이 아주 원활했습니다. 그동안 적당히 써먹을 기술을 가르쳐 주기는 했지만 이대로 헤어지는 건 좀 안타깝군요. 혹시 헤루스께서 괜찮으시다면 그들까지 아니테라로 이주시켜 주시면 안 될까요?"

그러고 보니 아니테라에 거주하는 인간은 자신과 아레오 그리고 아나샤가 전부다. 거기에 한창 수련에 매진하고 있는 본신도 있기는 하지만 말이다.

"일단 그들과 얘기를 좀 해 봐야 할 것 같군요. 그들은 보통 어디에서 지냅니까?"

"우리가 지내던 곳은 인간들이 살기에는 너무 덥기도 하고 몸에 좋지 않은 연기 때문에 외부와 뚫려 있는 작은 구멍과 유일하게 차가운 물이 솟아나는 샘이 있는 서쪽의 벽에 굴을 파서 살고 있습니다. 그쪽은 용암 호수가 전혀 없고 벽 자체가 차가워서 인간이 살기에 적당하다고 하더군요."

"그럼 지금은 대부분 일을 하고 있겠군요."

"원래라면 쉴 시간이지만 이곳 일이 워낙 중요해서 오늘은 작업이 더 없으니 거주지로 돌아가서 쉬라고 말을 해 두었습니다. 이 시간이면 아마 식사를 하고 있을 겁니다."

"한번 같이 가 봅시다."

자칫 잘못했으면 그들의 존재를 모르고 드워프족만 챙길 뻔했다.

여우족이 드워프족의 도제로 붙여 준 사람들이 사는 공동의 서쪽 구역은 생각보다 시원했다. 물론 용암천들이 있는 공동의 중앙 쪽과 비교하면 말이다.

드워프들도 식수로 사용한다는 샘은 생각보다 컸고 수심이 깊어서 용출되는 지하수의 양이 상당히 많았다. 지하수와 지하수가 솟아나는 샘과 맞붙어 있는 벽은 다른 곳과 달리 무척 서늘해서 좁은 공간이지만 상대적으로 꽤 시원했다.

환기가 잘되는지 공기도 비교적 맑았다.

'정말 바깥과 뚫린 균열이 있나 보네.'

그것도 있지만 이곳 주위에는 공기를 정화해 주는 주술진이 펼쳐져 있었다. 그래서 유독가스가 가득한 이 공동에서 사람들이 살 수 있었다.

가온과 라트렌의 방문에 사람들이 굴에서 쏟아져 나왔다. 족히 500명은 되는 것 같았는데 행색은 초라했지만 대부분 청년이었다.

라트렌에게 다투어 인사를 하는 10대 후반에서 20대 초중반의 젊은 남녀들 사이로 중년의 남녀 여덟 명이 나왔는데 그중 한 명이 테오였다.

"족장님, 일을 시작한 지 얼마 되지도 않아서 작업을 멈추고 돌아가라고 했다고 하던데, 무슨 일이 생긴 겁니까?"

"그대들에게 얘기해 줄 것이 있어 찾아왔네."

"경청하겠습니다."

궁금한 얼굴이었지만 테오라는 중년인도 그렇고 은연중

이들을 이끌고 있는 것으로 보이는 서머셋이라는 이름의 중년인은 다리를 좀 심하게 절었지만 잘 정련된 전사의 분위기를 풍기고 있었다.

'호오!'

서머셋이 익스퍼트 중급 실력자임을 확인한 가온은 내심 가벼운 탄성을 터트렸다.

다리의 장애가 아니었다면 중급이 아니라 상급이라고 해도 믿을 정도로 잘 정련된 기도를 느낄 수 있었던 것이다.

"사정이 이렇게 됐네."

라트렌이 모여든 사람들에게 드워프족이 아니테라로 이주하게 된 사정을 상세하게 말해 주었다.

"그, 그렇게 전격적으로 이주를 하셨군요."

너무 놀라운 얘기에 젊은 친구들은 아직 상황이 이해가 안 가는지 귀엣말로 얘기를 나누고 있었지만 여덟 명의 중년인들은 상황을 금방 받아들이는 것 같았다.

"자네들이 원하면 여우족에게 말해서 지상으로 보내 주겠네."

"만약 저희가 원하면 아니테라라는 곳으로 함께 이주할 수 있나요?"

가만히 듣고만 있던 한 중년 여인이 앞으로 조금 나왔는데 눈빛이 아주 깊고 맑았다. 그녀는 눈치가 아주 빠른지 라트렌이 아니라 가온을 향해 물었다.

"아니테라에는 인간이 없습니다. 엘프족, 나가족, 스노족, 모라이족, 그리고 이젠 드워프족이 합류하게 되었지요. 그곳보다는 같은 인간들이 사는 세상이 낫지 않겠습니까? 드워프에게 배운 기술이라면 어딜 가나 환영을 받을 텐데요."

여우족이 그런 경우였다. 드워프에게 몇 년 배운 솜씨로도 여우족이 만든 각종 무구들은 훨씬 높은 가격을 받을 수 있었던 것이다.

"저희는 릴센 시티에서는 제대로 살 수가 없습니다. 잠채를 했거든요."

테오가 고개를 저으며 말했다.

"잠채?"

잠채라면 허가를 받지 않고 광산을 개발해서 채광을 하는 행위를 의미한다.

지구에서도 고래(古來)로부터 발각되면 현장에서 즉결 처형을 하는 중죄이니 이곳에서도 그럴 가능성이 높았다.

"네. 저희는 본래 외성에서도 가장 더러운 곳에서 비바람을 간신히 피할 수 있는 움막을 짓고 살았는데, 딱히 직업이 없어서 어른 아이 할 것 없이 닥치는 대로 일을 했지만 입에 풀칠도 하기 힘들어서 달콤한 유혹에 빠져 잠채를 했습니다."

"누가 유혹을 했다는 겁니까?"

"나이든 자작가에서 위험한 일이지만 배불리 먹을 수 있는 일이 있는데, 해 보겠냐고 제안을 했습니다."

"그게 광산을 몰래 채광하는 일이었군요."

"그렇습니다. 아이는 많고 딱히 직업이 없어 입에 풀칠을 하기 힘들었던 300여 가구가 나이든 일가의 꾐에 넘어가서 성에서 좀 떨어진 비밀 광산에서 꽤 오랫동안 채광을 했습니다."

"마수나 몬스터의 공격은 받지 않았습니까?"

"나이든 자작가에서 고용한 경비대가 있었습니다. 실력이 뛰어난 전사와 마법사도 몇 분 있었고요. 여기 있는 서머셋 경은 나이든 가문에 봉직하던 전사로 50명의 사병을 지휘했습니다. 저는 서류를 다루는 서기였습니다."

다리를 절기는 했지만 기도가 예사롭지 않았던 서머셋은 역시 전사 출신이었다.

"그러다가 경비대 절반이 잠깐 밀채한 광석을 근처까지 온 수송대에 넘기러 출타했을 때 오크들이 광산 마을을 기습했습니다. 남은 경비대원들은 순식간에 전멸해 버렸고 어른들도 아이들을 살리려고 막아섰다가 태반이 죽었습니다. 그래도 수송대와 경비대를 발견했다는 소식이 전해졌는지 많은 오크들이 그쪽으로 이동했고, 서머셋 경을 포함한 몇 분이 목숨을 걸고 싸운 덕분에 아이들은 꽤 많이 살 수 있었습니다."

"그럼 이곳은 어떻게 온 겁니까?"

"당시 우연히 사냥을 나온 여우족 전사와 주술사들이 도움을 주었습니다. 우리를 쫓아온 오크들에게 환상 주술을 걸어서 다른 곳으로 가게 만들었습니다. 원래는 다시 릴센으로 가려고 했는데, 여우족이 아이들에게 기술을 배울 기회를 줄 수 있다고 제안해서 이곳으로 왔습니다. 어차피 릴센으로 가봐야 아이들에게는 지옥과 같은 환경밖에 기다리지 않을 테니까요. 잠채 사실이 발각된다면 어른 아이 할 것 없이 목이 잘려 성문에 걸릴 수도 있었기에 여우족을 따라왔습니다."

아이테르 차원의 법은 지구의 중세 시대처럼 가족 구성원 중 한 명이 중죄를 지을 경우 연대책임을 묻는 경우가 많았다.

"테오 씨와 서머셋 씨는 돌아갔어도 되었을 텐데요."

"아이들이 걱정되어서요. 잠채 사실이 발각될까 봐 나이 든 가문에서 아이들은 물론 우리에게도 손을 쓸 가능성도 높았고, 부모를 잃은 아이들끼리만 생소한 곳으로 보낼 수가 없어 따라왔습니다."

"그때 안 돌아가길 잘했어요. 나중에 들었는데 수송대와 경비대를 몰살시킨 오크를 토벌하는 과정에서 마나석을 잠채하고 있었다는 정황이 밝혀졌다고 했어요. 나이든 자작가가 하룻밤 사이에 몰살당했다는 말을 여우족을 통해 들을 수 있었어요."

이제야 일이 어떻게 된 것인지 이해가 갔다.

"그래도 아이들이 이만큼 성장을 했으면 시티로 돌아가서 살아도 별문제가 없을 것 같은데, 이왕이면 같은 인간들 속에서 사는 것이 낫지 않겠습니까? 어차피 릴센에서도 새로 유입되는 이들에게는 별 신경을 쓰지 않는 것 같은데……."

"그게 그렇지가 않습니다. 별다른 능력이 없을 경우 큰 문제가 없지만 특별한 재주나 능력을 가지고 있다면 신상을 철저하게 조사합니다. 다른 시티에서 보낸 스파이들이 많이 활동하거든요."

"스파이요?"

시티들은 말을 타고도 보통 한 달이나 걸릴 정도로 떨어져 있었던 것이다. 전쟁을 할 것도 아닌데 스파이를 파견하다니 이해가 가질 않았다.

"스파이들은 주로 기술을 훔치는 임무를 받고 활동합니다. 그리고 빨리 자리를 잡기 위해서 특정 분야에 상당한 지식이나 기술을 익힌 경우가 많고요. 만일 조사가 들어가면 나이든 자작가와 연결되어 있다는 사실이 밝혀지는 건 금방입니다. 그렇게 되면 잘되어야 평생 한곳에 갇혀 살면서 무기를 만들어야만 합니다."

가온은 테오의 얘기를 들으면서 아이테르 차원이 특허와 같은 무형재산에 대한 권리가 인정되는 세상이 아니라는 사실을 새삼 느낄 수 있었다.

"게다가 여우족이 밖으로 보내 줄지도 의문입니다."

"여우족이 왜? 아!"

이제까지 드워프족을 이용해서 질 좋은 무구를 비싼 가격에 팔아 왔던 여우족의 비밀이 공개되면 확실하지는 않아도 릴센 쪽이 가만히 있지 않을 것이다.

"설사 여우족이 순순히 떠나게 해 준다고 해도 마나석 광산들을 잠채했던 광부들의 가족이었다는 사실이 밝혀진다면 성내에 자리를 잡기는커녕 비밀 유지를 위해서 모조리 죽임을 당할 것이 분명합니다. 자작가인 나이든 가문도 몰살당했는데 우리 정도야……."

그렇다고 대장장이 기술을 봉인하고 영원히 살 수는 없다. 주머니 안의 송곳처럼 언젠가는 드러날 수밖에 없었다.

게다가 수인족 혼혈이라면 모르겠지만 젊은 인간이 한꺼번에 수백 명이나 성으로 들어온다면 시티 측에서 조사를 안 할 리가 없었다.

성 밖에 거주하는 인간들이 없는 것은 아니지만 흔한 경우도 아니었다.

이제 사정은 확실히 알았다.

'인간이라고 해서 문제 될 것은 없지.'

어차피 자신에게 예속이 되어야 하니 어떤 문제가 발생하더라도 처리할 수 있었다.

가온은 아니테라에서 살기 위해서는 자신에게 귀속이 되어야 한다는 사실을 알려 주었다.

"언제든 그곳을 떠나도 되기는 하지만 그곳에 사는 동안엔 심하게 얘기해서 내 노예로 살아야 합니다."

"그건 전혀 상관없습니다. 그렇게 하겠습니다!"

주저 없이 나온 대답을 들은 가온은 이들이 사실상 노예나 다름없는 생활을 해 왔기에 자신의 노예가 되는 것을 별로 신경 쓰지 않는다는 사실을 짐작할 수 있었다.

"저 친구들과 의논하지 않아도 되겠습니까?"

"당연히 의견은 들어 봐야겠지만 세상 경험이 전혀 없는 저 아이들의 의견은 크게 고려하지 않아도 될 수준이에요. 그리고 외양은 무척 호탕한 것 같지만 세심한 성격이라서 누구보다 의심이 많은 드워프들이 짧은 시간에 이주를 결정했다는 건 우리에게도 살기 좋은 곳이라고 생각해요."

테오의 부인으로 추정되는 여인이 그렇게 말을 하자 서머셋 부부는 물론 어느새 그들을 둘러싸고 대화를 듣고 있던 이들이 일제히 고개를 끄덕였다.

결국 가온은 그들과 계약을 할 수밖에 없었다.

총인원은 484명으로 여덟 명을 제외한 나머지는 10대 중반에서 20대 초반의 청년들이었다. 그중에는 벌써 부부가 된 서른다섯 쌍도 포함되었다.

'앞으로 이들을 휴먼족이라고 불러야겠네.'

이제 아니테라에도 인간이 거주하게 되었다. 부디 여섯 종족이 서로 도와 가면서 평화롭게 살았으면 좋겠다.

화합

"헤루스, 저희는 이곳에 자리를 잡고 싶습니다."

몇 무리로 나뉘어서 아니테라 이곳저곳을 돌아다닌 테오 일행은 금방 자신들이 살아갈 곳을 정했다. 강변에서 멀지 않은 숲 근처였다.

그렇게 거주지가 결정되자 기존의 주민들이 그들이 임시로 살 집을 짓는 일에 자원했다.

전사들이 적당한 나무를 벌목해서 다듬어 날라 오는 동안 건설단원들이 타이탄을 이용해서 집이 들어설 곳을 평탄하고 단단하게 다져 주었다.

모라이족은 통나무를 원형 톱을 이용해서 목재로 가공했고 엘프들이 정령을 이용해서 그 목재를 적절하게 말려 주었다.

나머지 자원자들은 드워프들의 지시대로 각자 맡은 일을 해서 3시간도 지나지 않아서 네다섯 명이 지낼 수 있는 목조 건물 수십 채를 지어 버렸다.

드워프 중 일부는 남은 목재로 식탁이나 침대, 옷장과 같은 가구들을 만들었고, 엘프들이 다듬고 천연염료로 칠을 해서 멋진 가구들이 건물의 빈 공간을 채웠다.

본신의 능력으로 금속을 다루는 모라이족은 인간들이 사용할 다양한 주방 도구를 만들었고, 나가족은 강과 연결되는 동관을 설치해서 집집마다 맑고 깨끗한 물이 나올 수 있도록 만드는 한편 하수 시설까지 마무리해 주었다.

조금 멀리 떨어진 곳에 있는 대형 목욕탕에 모두 함께 다녀와서 완성된 주택을 살펴본 테오 일행은 한마디도 하지 못하고 눈물만 흘렸다. 그들이 보았던 그 어떤 집보다 훌륭했기 때문이다.

집마다 방이 네 개씩이나 되었으며 화장실도 두 개나 되었다. 무엇보다 놀란 것은 방마다 침대며 옷장 등 가구들이 채워져 있다는 사실이었다. 방도 커서 두 명이 써도 될 정도였고 침대 역시 두 명이 자도 충분할 정도로 컸다.

그런 그들에게 더욱 놀라운 소식을 전해 준 사람은 모둔이었다.

"어디까지는 이곳은 임시로 살 곳이에요. 얼마 후면 모두가 모여 살 도시를 건설할 테니까 그때까지 참고 살아요."

이런 훌륭한 집이 임시용이라니 말이 안 나왔다.

"테오 씨가 누구죠?"

"접니다."

자신들을 위해서 기존의 아니테라 주민들이 합심해서 만들어 준 집에 너무 놀라 아무 말도 하지 못하고 있었던 테오가 모둔의 말에 앞으로 나왔다.

"나는 헤루스의 부인이자 이곳 아니테라의 대소사를 주관하는 일을 맡고 있는 모둔이라고 해요."

"아! 그러십니까!"

휴먼족은 몸을 바로 하고 모둔의 말을 기다렸다.

"주택의 숫자는 총 100채이니 테오 씨가 집을 배정해 주세요. 만약 부족하면 말씀을 하시고요."

"전혀 부족하지 않습니다!"

건축에 자원한 사람들은 한 집에 네 명에서 여덟 명까지 거주하는 것으로 생각하고 지었지만, 이제까지 좁고 어두운 굴 속에서 수십 명씩 지냈던 것을 생각하면 전혀 부족하지 않았다.

"그럼 주택을 배정하고 자신의 짐을 푼 후에는 저쪽으로 가세요."

모둔이 가리키는 곳에는 이제 자신들의 주인이 된 가온의 다른 두 부인이자 마법사와 사제라고 들은 아레오와 아나샤가 산더미처럼 쌓인 물건더미 앞에 서 있었다.

"저건?"

"옷과 식량이에요. 향신료도 주니 꼭 받아 가세요."

이렇게 멋지고 훌륭한 집에 옷과 식량까지 준다니 테오는 실제로 겪고 있음에도 꿈을 꾸는 것 같았다.

"아, 알겠습니다!"

"다시 한번 우리 아니테라의 주민이 된 것을 환영해요."

"감사합니다! 열심히 살겠습니다!"

깊이 허리를 숙여 감사한 마음을 전하는 테오의 눈에는 주책없이 뜨거운 눈물이 줄줄 흐르고 있었다.

다음 날 아침, 이른바 휴먼족을 이끄는 여덟 명은 공회당을 방문했다.

"어서 오세요."

그곳에는 모둔을 포함한 아니테라의 원로들이 기다리고 있었다.

"지난밤은 잘 보냈나요?"

"너무 행복해서 죽을 때까지 잊을 수 없는 밤이었습니다."

테오의 대답에 나머지 일곱 명도 아직 흥분이 가시지 않은 얼굴로 격하게 고개를 끄덕였다.

자신들은 말할 것도 없었다. 친자녀들은 물론이고 그들이 마음으로 키운 476명 모두가 한숨도 자지 못했다. 너무 행복해서 꿈을 꾸는 것 같았고 잠이 들었다가는 그 뜨겁고 어두 웠던 공동의 굴에서 깨어날까 두려웠다.

일부는 침대에서 자 본 적이 없어서 결국 바닥으로 내려가 기도 했지만 잠을 못 잔 것은 마찬가지였다.

낡고 해진 옷이 아니라 자신에 꼭 맞은 새 옷도 그렇고, 가 축의 털로 채워 푹신푹신한 패드가 깔린 침대와 햇빛 냄새가 나는 것 같은 포근한 요까지 모든 것이 깨고 나면 사라질 것 처럼 불안했다.

그런데 그마저도 임시란다. 즉 앞으로는 더 좋은 집에서 살 수 있다니 믿을 수가 없을 정도로 좋았다.

"다행이군요."

"그런데 무슨 일로 부르셨는지요?"

"여러분은 당분간 이곳에 적응하는 시간을 가질 겁니다. 가서는 안 될 금지는 없으니 마음 놓고 돌아다녀도 되지만 말이 통하지 않을 테니 가장 먼저 언어부터 익혀야 합니다."

현재 아니테라의 주민들은 탄 차원의 공용어를 사용한다. 지구의 한국어처럼 자음과 모음으로 구성되어 발음하기도 쓰기도 쉬웠다.

물론 한국어처럼 더 깊이 들어가면 어려운 내용도 많지만 빨리 익힐 수 있다는 장점이 있었다.

"그럼 지금은?"

테오 일행은 자신의 말을 다 알아듣는 것 같은 원로들의 반응을 확인하고 묻는 것이다.

"지금은 통역 마법을 건 상태예요."

"아!"

"그리고 공용어를 배우는 한편 몇 명은 아이테르의 공용어를 가르치기도 해야 해요."

"네?"

"여러분도 금방 알게 되겠지만 우리 아니테라에서는 타이탄을 생산하고 있어요."

"헙!"

"정말 타이탄을 생산하고 있다고요?"

여자들의 반응은 좀 약했지만 남자들의 반응은 아주 격렬했다. 특히 서머셋의 경우 벌떡 일어났다가 신경이 상한 왼다리 때문에 넘어질 뻔하기도 했다.

"확실해요. 이 자리가 끝나면 타이탄 공방을 견학할 예정이니 그때 확인하세요. 제가 타이탄 얘기를 꺼낸 이유가 있어요."

모둔의 말에 좌중이 조용해졌다. 경청하는 것이다.

"우리 아니테라는 시티가 대상이 아니라 사람을 대상으로 타이탄을 판매하고 있어요. 경매 방식으로 말이지요. 그런데 경매로 타이탄을 판매하다 보니 용병이나 상인 들이 낙찰을 받는 경우가 많아요. 시티라면 따로 타이탄 운용법이나 정비와 같은 부분을 챙길 필요가 없지만 낙찰자들이 용병이나 상인인 경우 그 부분에 대한 추가 서비스가 필요해요. 문제는 그런 능력을 가진 이들이 아이테르의 공용어를 구사할 수 없다는 거예요."

"아!"

테오가 가장 먼저 모둔의 말을 알아듣고 탄성을 터트렸다.

"테오 씨는 짐작한 것 같은데 우리 타이탄 전사들과 정비 요원들에게 아이테르의 공용어를 가르쳐 주셨으면 좋겠어요. 대상이 꽤 많기 때문에 적어도 네 분은 이 일을 해 주셨으면 해요."

"할 수 있습니다! 당연히 해야지요!"

항상 조용하기만 했던 서머셋이 소리 높여 대답했다.

'비록 이런 몸이 되어 불가능해졌지만 가까이에서 타이탄을 구경할 수 있는 기회를 놓칠 수는 없지.'

서머셋 역시 모든 전사들처럼 타이탄 라이더를 꿈꾸었다. 다리 한쪽을 제대로 쓸 수 없게 된 지금은 불가능한 꿈이지만 말이다.

그렇게 아이테르 공용어를 가르칠 인원이 확보되는 순간이었다.

모둔이 테오 일행을 부른 목적은 공용어 교습 건만이 아니었다.

"혹시 젊은 친구들의 특성을 파악한 자료가 있나요?"

"일자리 때문인가요?"

서머셋의 부인이자 몰락한 상인 가문 출신인 리자벨이 눈을 빛내며 물었다.

"맞아요. 헤루스께서는 자격 없이 일하지 않는 자는 먹을 자격이 없다는 생각을 가지고 계세요."

"아주 좋은 가치관이군요."

다행히 테오 일행도 비슷한 사고방식이라 쉽게 받아들였다. 사실 아이테르 차원 사람들은 대부분 이런 생각을 가지고 있었다.

"일단 476명 중 195명인 남자애들부터 말씀드리겠습니다. 이제까지 해 온 대장장이 일에 재미를 느끼고 열심히 배우려고 하는 녀석들은 대략 절반 정도입니다."

생각보다 적은 숫자였지만 대장장이 일이 얼마나 힘든지 생각해 보면 이해가 갔다.

"그럼 나머지는요?"

"기회만 주어진다면 전사 혹은 용병을 꿈꾸는 애들이 70명 정도입니다. 그중 상당수는 드워프 전사와 제 남편에게 틈틈이 지도를 받아 와서 기초도 어느 정도 잡힌 상태예요. 열여섯 명은 음식을 조리하는 데 재미를 느끼고 실제로 식사 준비를 해 왔으며, 세 명은 마나 친화력을 타고나서 체임벌린에게 마법을 배우고 있습니다."

그러고 보니 단전하게 콧수염을 기른 마른 체형의 남자가 마법사인 모양이다.

'왜 마법사인데 눈이 안 갔는지 알겠네.'

체임벌린은 나이가 마흔을 훌쩍 넘었지만 아직 2서클 마법사에 불과했다.

"나머지 여섯 명은 몸이 아주 약하거나 그런 꿈도 없이 그냥 시키는 대로 하는 소극적인 타입입니다."

"그럼 여자 쪽은요?"

"남자보다 좀 많아서 281명인데 그중 절반 정도는 손재주가 아주 뛰어나고 세심해서 장신구나 무구의 장식품을 도맡아 해 왔습니다. 두 명은 체임벌린에게 마법을 배우고 있으며 여섯 명은 전사나 용병을 꿈꾸며 몸을 단련해 왔습니다. 요리에 재주가 있는 아이들은 32명입니다. 안타깝게도 나머지는 평범합니다. 주로 식사를 준비하거나 장인들의 심부름을 해 왔습니다."

그래도 특별히 선정된 인원이 아니라는 점을 고려하면 재능이 있는 자가 꽤 많았다. 특히 마나 친화력은 1만 명 중 한명 정도에 불과한데 무려 다섯 명이나 된 것이다.

"좋아요! 일주일 정도 휴식을 하면서 각자 하고 싶은 일을 다시 한번 파악해 주세요. 필요할 경우 교육을 할 의향이 있으니까요."

이미 10대 중후반을 넘긴 만큼 더 발전할 여지가 적긴 하지만 그건 본인의 열정과 노력으로 얼마든지 극복할 수 있다는 사실을 잘 알고 있는 모둔은 원할 경우 모두 기회를 줄 생각이다.

그것으로 드워프족과 휴먼족의 이주가 끝났지만 아니테라에서 살아온 기존 주민들과 인사는 필수적이다.

가온은 오랜만에 아니테라 주민들을 모두 소집했다. 장소는 타이탄 훈련장으로 주민들은 모두 가온에게 예속된 존재들이었기에 의념으로 간단히 고지할 수 있었다.

'이참에 잔치를 열자.'

그런 생각으로 아공간에 챙겨 두었던 다양한 식재료를 꺼냈는데 다들 같은 생각이었는지 일족 고유의 음식들을 가지고 왔고 모라이족이 전담해서 운영하는 양조장에서는 시험용으로 주조한 다양한 술을 가지고 왔다.

아니테라의 새 주민이 된 드워프족은 용암 근처에서만 자란다는 화염의 버섯을 재료로 빚은 술을 내놓았는데 정력에 큰 도움이 된다고 해서 많은 사람들의 관심을 받았다.

이제는 숫자가 너무 많아져서 한 번에 다 모이는 것도 힘들었지만 화합을 위해서는 어쩔 수 없었다.

먼저 드워프들을 연단으로 올려서 한 명씩 소개를 하는 시간을 가졌다.

터프한 외모나 거침없는 행동 양식을 가진 것으로 생각한 드워프들은 의외로 많은 시선을 받자 자기소개도 제대로 하지 못해서 결국 가온이 다시 나서야만 했다.

라트렌은 드워프를 대표하는 원로가 되어 아니테라의 안주인인 모둔과 함께 이곳의 다양한 문제를 협의해서 이끌어가는 중책을 맡았고, 전사들은 전사단에 편입되거나 장인으로 공방에 출근하기로 했다.

인간들 역시 자신을 소개하는 자리를 가졌는데 누구도 지루해하지 않고 관심을 보였다.

헤루스인 가온이나 그의 배우자들이 모두 인간이니만큼 관심을 안 가질 수가 없었다.

테오는 인간을 대표해서 원로가 되었고 나머지는 본인의 희망대로 교육을 받거나 하고 싶은 일을 하게 될 예정이었다.

기존 주민들은 드워프족과 인간족의 합류를 진심으로 환영했다.

특히 드워프족의 능력은 헤루스인 가온이나 자신들에게 얼마나 도움이 될지 충분히 예상했고, 두 종족의 상황이 이곳에 오기 전에 자신들의 그것과 거의 동일해서 동정심과 함께 강한 동질감을 느낀 것이다.

각 종족의 원로들이 먼저 자리를 옮겨 다니며 다른 종족과 화합하는 모습을 보였고, 태생적으로 술에 강한 드워프족들이 술잔을 들고 이동하자 자리의 분위기는 금방 끓어올랐다.

술기운이 오르자 각 종족은 고유한 전통 악기들을 꺼내 들었고 솜씨 좋은 이들이 악기를 연주하기 시작하자 여기저기에서 춤을 추고 노래를 부르기 시작했다.

인간에 비해 차가운 성정에 이성적인 존재로 알려진 엘프들도 예외는 아니었다.

급격히 끓어오르고 식는 인간과는 다르지만 그들 역시 사람이라는 범주에 속한 만큼 분위기에 취해서 놀 줄 알았다.

비록 숫자가 너무 많아서 진정한 화합의 장까지는 아니더라도 술잔을 들고 자리를 옮겨 다니며 다른 종족들의 애환과 고민을 듣고 자신들의 얘기를 하면서 종족의 경계가 빠르게 무너지고 있었다.

가온과 세 여인을 찾는 이들이 너무 많아서 네 사람은 아무 데도 갈 수가 없었다.

아레오와 아나샤가 마법을 수련하고 있는 관계로 엘프 마법사들이나 스노족 결계술사들이 많이 찾아와 자리에 어울리지 않는 마법 이론에 대해서 떠들었고, 전사들이나 건설단원들은 가온을 찾아와 타이탄과 관련된 얘기들을 많이 했다.

모둔은 끝까지 가온의 곁에서 부드러운 미소로 그에게 안주를 챙겨 주었고 음식과 술이 떨어지지 않도록 챙겨 주었다.

정령들의 도움이 아니더라도 본신의 능력으로 술기운 정도는 얼마든지 날려 버릴 수 있었던 가온이지만 굳이 그러지 않아서 나중에는 얼큰하게 술에 취해 버렸다.

다음 날 아침, 오랜만에 골이 흔들리는 것 같은 숙취를 느끼며 잠에서 깬 가온은 일어나려고 했지만 꼼짝도 할 수 없다는 사실을 깨닫고 술이 확 깨 버렸다.

'뭐야?'

아레오와 아나샤가 알몸으로 양팔을 꼭 끌어안고 자고 있었고 모둔은 자신의 몸 위에서 자고 있었다.

'2층이네.'

어제 과하게 술을 마신 아레오와 아나샤는 가온의 작은 움직임에도 여전히 잠에서 깨지 못했는데, 숨을 쉴 때마다 술 냄새가 진동했다.

그런데 모둔은 금방 눈을 떴는데 그 모습이 너무나 사랑스러웠다.

"잘 주무셨어요, 온 랑? 어젠 너무 많이 드셨어요. 적당히 거절하시지 권하는 술잔을 모두 받아 마셨으니 머리가 좀 아프실 거예요."

그러고 보니 어떻게 집에 돌아왔는지 기억이 나질 않았다.

"뭐 실수한 건 없지?"

"호호호! 실수까지는 아니고요."

묘하게 웃는 모둔의 모습에 즉각 이상함을 감지한 가온은 자신을 포함한 네 사람이 모두 알몸이라는 사실을 깨달았다.

"설마 그렇게 취해서 사랑을 나눈 거야?"

"다들 취해서……."

제대로 했을 리가 없을 텐데 이상하다.

"아레오와 아나샤가 먼저 옷을 벗고 온 랑과 제 옷을 벗기더라고요. 다 함께 사랑을 나누자고요. 그러더니 온 랑의 팔을 끌어안고 금방 코를 골더라고요. 덕분에 제 자리가 없어서 온 랑의 몸 위로 올라왔어요. 무겁죠?"

"아니. 전혀."

정말이다. 무거웠다면 깼을 텐데 그러지 않았다.

"다들 집에 잘 들어갔는지 모르겠네."

가온이 모둔의 입에 뽀뽀를 하며 말했다.

"술을 많이 마시지 않은 사람들이 부축해서 데리고 갔으니 걱정하지 마세요."

"드워프들을 끝까지 챙겼어야 했는데……."

이제 막 아니테라에 온 사람들이라 챙겨야 했는데 술에 취해서 그러질 못했다.

"걱정하지 마세요. 원래 술에 세기도 하지만 다들 기절하듯 잠들어 버려서 제가 원로들과 함께 집으로 옮겼으니까요."

다행이다. 모둔이 자신을 대신해서 끝까지 챙긴 것이다.

"고마워. 당신이 있어서 정말 다행이야."

사실 아레오와 아나샤는 본인의 성장과 자기 계발에 힘을 쓰는 성격이라 아니테라의 여주인에는 어울리지 않았다. 이곳의 주인이면서도 자주 자리를 비우는 자신의 상황을 고려하면 모둔이 있어서 얼마나 다행인지 모르겠다.

"고맙기는요."

가온의 진심 가득한 칭찬이 민망한지 순식간에 붉어진 얼굴로 배시시 웃는 모둔이 왜 이렇게 사랑스러운지 모르겠다.

"혹시 내가 술에 취해서 제대로 챙기지 못한 일이 있어?"

"몇 가지가 있는데 그중 가장 시급한 것은 화폐예요."

"화폐?"

"네. 그동안 원로들과 꾸준히 얘기를 나누었는데 아니테라의 인구도 빠르게 증가하고 있어 부족 체제로는 사회가 제대로 돌아가지 않을 것 같아서 화폐를 비롯한 다양한 시스템을 궁리하고 있어요."

지금은 각 부족이 공동 소유, 공동 분배라는 가치관을 공유하고 있지만 앞으로는 달라질 거란 얘기다.

'하긴. 아니테라의 인구가 많이 늘었어.'

더구나 새로운 도시를 건설하게 되면 많은 사람들이 모여 살게 될 텐데, 그때도 부족 단위의 공동체 생활양식에 의존할 수는 없었다.

"화폐야 미스릴 본위제를 채택해서 운용하면 될 것 같고 주민들에게 슬슬 사유재산에 대한 개념을 주입할 필요가 있을 것 같아요."

드워프들은 짧게 살펴본 것만으로도 아니테라에 황금이 꽤 많이 매장되어 있다는 사실을 알렸기에 금본위제를 선택할 수는 없었다. 나중에 인구가 늘어나고 황금이 이곳저곳에서 발견되면 문제가 생길 수 있었다.

"그 부분은 벼리에게 도움을 받아서 지구의 사회 시스템을 한번 연구해 봐."

"안 그래도 그렇게 하고 있어요. 저뿐 아니라 원로들이 머리를 모으고 있는데 아무래도 지구 기준으로 북유럽 쪽의 복지사회보장국가 체제가 가장 잘 맞지 않나 싶어요. 물론 정치체제는 온 랑을 정점으로 하고 일반적인 문제는 저와 원로협의회에서 처리하는 것으로 굳어졌으니 손을 댈 필요는 없고, 경제적인 부분을 말씀드리는 거예요."

"북유럽이라면 스웨덴과 같은 사회민주주의 국가들을 말하는 건가?"

이렇게 알몸으로 몸을 맞대고 나눌 대화는 아니지만 안 그래도 가끔 고민하던 화두이기에 흥미가 돋았다.

"네. 아무래도 아니테라의 각 종족은 그동안 부족 사회를 유지하면서 다른 부족원들과 타협과 협력을 통해 공존해 왔고 소박한 생활과 공동체와의 조화를 중시하는 전통문화를 유지해 왔거든요. 그래서 그쪽 모델이 경제적으로 가장 잘 어울릴 것 같아요."

본신이 대학에 다닐 때 교양으로 배운 지식에 따르면 북유럽 국가들은 16세까지 보육 지원, 대학을 포함한 전반적인 무상 교육, 사회적 소득 격차를 최소화하는 연대임금제, 실업자와 창업자에 대한 탄탄한 지원 체계를, 높은 수준의 국가 의료비 지원 등의 제도를 오래전에 완비했고 잘 유지해 왔다.

국가가 아닌 개인의 입장에서는 무척 끌리는 요소들이다.

"그럼 그렇게 한번 추진해 봐."

"제가요?"

"응. 모둔이 나를 대신하는 존재잖아. 원로들과 잘 상의해서 시스템을 마련해 봐. 열심히 밀어줄 테니까."

"……고마워요!"

고맙긴 자신이 더 고마운데 고생을 하는 모둔이 왜 눈물까지 흘리면서 고마워하는지 모르겠다.

가온은 슬며시 아레오와 아나샤가 끌어안은 팔을 빼어 모둔을 안아 주었다.

"모둔이 내 곁에 있어서 얼마나 다행인지 모르겠어."

모둔이 아니었다면 자신이 마음을 놓고 차원 의뢰에만 집중할 수 없었을 것이다.

아무리 아니테라의 주민들이 모두 자신에게 예속되었다고는 해도 그들 사이의 문제는 계속 발생할 수밖에 없었고, 신경을 쓰지 않을 수도 없었을 것이다.

그런 생각을 하니 안 그래도 아름다운 모둔이 더욱 사랑스러웠다. 그리고 그런 마음이 들자 몸이 자연스럽게 반응했다.

게다가 마음의 동요 때문인지 모둔의 체향이 그 어느 때보다 더 강렬해졌다.

"짓궂은 분! 아레오와 아나샤가 깨요."

"그럼 내려가자."

"그럼 꿀물이라도 마시고 나서요."

"괜찮아. 그거야 허니비 포션을 마시면 되니까."

말이 나온 김에 비약 두 병을 꺼내 나눠 마시자 대번에 술기운이 확 사라지고 몸이 가벼워졌다.

조심스럽게 아레오와 아나샤의 팔을 떼어 내고 그 자리에 베개를 대신 놓은 가온이 모둔을 번쩍 들어 안은 상태로 1층으로 내려갔다.

역시 드워프들의 알코올 분해 능력은 뛰어났다. 엄청나게 마신 끝에 기절하듯 잠들었던 드워프들이지만 아침 일찍부터 움직였다.

"역시 남자는 전사지! 나는 전사단으로 간다!"

"남자는 무슨! 타이탄을 타고 싶어서 그러는 거 알아. 드워프라면 역시 대장간이나 공방이지. 나는 타이탄 공방이다!"

몇 명은 전사단으로, 또 다른 몇 명은 타이탄 공방으로 간다고 했고 나머지는 익숙한 제련소와 제철소로 가기로 했다.

옛날 일족의 숫자가 많았을 때는 살림만 하던 여성들도 꽤 있었다는데, 지금은 수가 워낙 적어서 나이나 성별에 관계없이 모두 일을 해야만 했다. 그래서 전사면서 대장장이를 겸하는 이들이 꽤 많았다.

어제 헤루스가 놀라운 능력으로 집을 통째로 옮겨 준 직후 가진 짧은 회의에서 자신의 진로는 알아서 결정하기로 했기에 오늘 이런 상황이 벌어진 것이다.

대신 안내를 할 사람을 기다려야만 했다. 자신들의 결정이 늦어지는 바람에 아직 해당 기관에 통보가 되질 않았기 때문이다.

그때 헤루스인 가온이 부인 중 한 명을 포함한 십여 명과 함께 이쪽으로 오는 모습이 보였다. 그 모습을 보며 드워프들이 수다를 떨었다.

"헤루스께서 직접 우리를 데리고 인사를 시켜 줄 모양이네."

"헤루스의 부인을 헤라라고 부르는데 세 명이라고 했지? 저분이 가장 우아한 것 같아. 아름답기도 하고."

"어제 오가는 대화를 듣다 보니 헤루스의 부인 자리를 노리는 여인들이 많다고 하더라. 하이엘프들도 있고 나가족의 퀸이나 스노족의 족장도 호시탐탐 그 자리를 노린다고 들었어."

"그럴 만도 하지. 그들은 우리처럼 100년이라는 기간 동안 계약한 것이 아니라 언제든 한쪽이 계약을 취소할 수 있는 예속 계약을 했다니 불안할 수밖에 없지. 우리가 비록 여우성 지하에서만 살아왔지만 여기처럼 안전하고 풍요로운 땅이 세상에 없다는 건 너무나 잘 알지."

"생각해 보면 우리 라트렌 족장이 드워프답지 않게 똑똑하긴 해."

"가장 현명하니까 족장이 된 거지. 그나저나 이곳 너무 좋지 않아? 이 따사로운 햇볕과 살랑거리는 바람이 너무 좋네."

"먼저 정착한 종족들도 그래서 혹시나 헤루스가 쫓아낼까 봐 걱정인 거잖아. 어제 그 밀밭과 포도밭 봤지? 그냥 보는 것만으로도 배가 부르더라. 너무나 풍요로운 땅이야."

"아! 그런데 모라이족 여자들, 몸집이 좀 작기는 하지만 예쁘고 상냥하던데."

"내가 그래서 공방으로 가는 거잖아. 거기 장인들 중에 모라이족이 꽤 되더라고. 여자도 대여섯 명 정도 있었어."

"그래? 그럼 나도 그쪽으로 갈까?"

"아서라. 네 손재주로는 어림도 없어. 넌 그냥 타이탄 전사나 돼. 내가 타이탄을 만들어 줄 테니까. 그리고 일이 잘 풀리면 너한테도 한 명 소개시켜 줄게."

"쩝! 반박을 하고 싶은데 할 말이 없네. 아무튼 부탁한다."

타고난 용모나 몸매가 엘프나 인간의 미적 기준에 충족하지 못하기도 하고, 그들의 미적 감각으로도 엘프나 인간은 배우잣감이 아니다.

하지만 모라이족은 달랐다.

드워프족에 비해서 몸집이 작고 왜소하기는 했지만, 드워프의 피가 섞여서 그런지 친근하게 느껴지고 호감이 가는데, 그건 모라이족도 마찬가지인 것 같았다.

모라이족 처녀 몇 명은 자진해서 드워프들에게 농장과 과수원을 보여 주기도 했다.

무엇보다 좋은 점은 드워프들은 남성의 비율이 아주 높은데 모라이족은 여성의 비율이 높다는 점이다.

사실 그 점 때문에 미혼이 대부분인 드워프들이 아주 쉽게 이주 결정을 내렸다.

본래 드워프는 한곳에 정착하면 멸족의 위기가 오기 전에는 떠날 생각을 하지 않을 정도로 터전에 대한 애착이 심했지만 번식 본능보다는 강하지 않았다.

드워프들이 그렇게 수다를 떨고 있을 때 가온의 뒤쪽에 또 다른 사람들이 나타났는데 뛰어오고 있었다.

"우리 도제들이다!"

"이젠 휴먼족이라고 부르라고."

그동안 자신들의 작업을 도와주던 인간들이었다.

"쟤들도 원하는 일을 찾았으면 좋겠다!"

성실하게 자신들을 도와주기는 했지만 여자 대부분은 근력이 약해서 소소한 심부름만 할 수 있었고, 남자의 4할 정도는 대장장이와 관련된 일 자체에 관심이 별로 없었다.

그래도 그간 함께 지낸 세월이 있기에 드워프들은 부모를 잃고 10년이 넘는 시간 동안 자신들을 도와준 어린 인간들이 부디 원하는 일을 찾아서 열정적인 삶을 살 수 있기를 바랐다.

가온과 모둔을 따라온 이들의 소속은 다양했다. 전사단, 마법사단, 건설단은 물론 타이탄 공방에서도 안내자를 파견했다.

모둔은 사람들이 원하는 곳으로 안내자를 붙여 주었다.

드워프의 경우 전사단 쪽이 16명, 제련소와 제철소 쪽으로 6명, 타이탄 공방에 21명 그리고 나머지는 대장간으로 가기로 했다.

인간 쪽은 다 오지 않았다. 원래 일주일 동안 휴식을 주었다.

지금 이 자리에 나온 이들은 원하는 시설을 참관해도 좋다는 말에 자원한 것이다.

시키면 시키는 대로 해야만 살 수 있었던 수동적인 삶에서 벗어나 처음으로 자신의 미래를 선택할 수 있는 기회를 잡은 인간들 중에서도 유독 열정이 강한 이들은 자신들이 원하는 시설을 참관하고 일주일 후 진로를 선택할 것이다.

　그렇게 드워프족과 인간들은 생각보다 빠르게 아니테라에 적응하기 시작했다.

타이탄 마법사단

드워프들의 장기가 가장 먼저 발현된 곳은 예상대로 타이탄 공방이었다.

"과연 드워프더군요. 반나절 정도 지켜보더니 타이탄 생산 라인을 최적화시켜 버렸습니다."

타이탄 공방 한쪽에 있는 식당에서 가온과 함께 점심 식사를 하던 알름 원로가 혀를 내둘렀다.

"최적화라면 생산량이 늘어나는 겁니까?"

"네. 현재까지는 하루에 베타급 타이탄 5기를 생산했는데, 내일부터는 7기로 늘어날 것 같습니다."

현재 아니테라에서 사용할 타이탄 생산 라인은 마법사 전용 타이탄을 생산하고 있다.

"그럼 기가스 쪽은 어떻습니까?"

"기가스에는 별 관심을 보이지 않았습니다만 이미 사례가 있으니 연구해서 적용시키면 최적화가 이루어질 것 같습니다."

역시 기계공학이나 무구 제작 분야는 드워프가 최고의 능력을 가지고 있는 것 같다.

"공방장께서 잘 이끌어 주세요."

"이끌기는요. 밀리지 않는 것만 해도 다행이지요."

"완성된 타이탄은 얼마나 됩니까?"

"판매용만 말씀드리면 알파급 타이탄 700기에 기가스는 1천 기 정도가 됩니다. 건설용은 종류별로 각각 30대씩 총 120대가 완성된 상태고요."

얼마 전에 조정을 했지만 오랫동안 아니테라의 시간 흐름이 아이테르 차원과 비교해서 30배나 빨랐었기에 이렇게 엄청난 숫자의 타이탄 재고가 생긴 것이다.

"참. 마법사 전용 타이탄은 몇 기나 됩니까?"

"총 53기가 완성되었습니다. 어떻게 할까요?"

"상위 등급의 개발은 어떻게 되어 갑니까?"

현재 생산되는 마법사 전용 타이탄보다 상위인 베타급 타이탄을 개발하는 문제 때문에 알름 원로에게 방문해 달라고 했던 것이다.

"엘프 마법사들의 도움을 받아서 설계도는 거의 완성이

되었습니다. 세 분 헤라께서도 수시로 찾아서 조언을 주셨고요."

헤라는 아니테라의 주민들이 가온의 여인들을 부르는 호칭으로 우리말로는 '마님' 정도의 뜻을 가지고 있었다. 당연히 모둔, 아레오, 아나샤가 대상이다.

"베타급은 상급 마정석을 사용하는 겁니까?"

"그 부분이 아직 결정되지 않았습니다. 제대로 된 위력을 발휘하려면 구동원으로 당연히 상급 마정석을 사용해야 하는데, 현재까지 얘기가 된 건 완드나 지팡이의 오브에 상급 마정석을 사용하고 타이탄에는 중상급 마정석을 사용하는 겁니다."

"그것도 나쁘지 않겠군요. 그럼 알파급도 그런 식으로 운용할 수 있지 않겠습니까?"

"맞습니다. 앞으로 생산할 알파급은 중급 마정석으로 가동하되 지팡이의 오브나 완드에는 중상급 마정석을 사용하는 것으로 하겠습니다."

잘됐다. 이렇게 되면 마법사용 타이탄의 효용가치가 크게 높아질 것이다.

"그리고 이제는 타이탄의 주인을 결정해 주셔야 합니다. 다들 수시로 찾아와서 얼마나 괴롭히는지 할 일을 제대로 못할 정도입니다."

하긴 몰랐다면 모르되 타이탄이 위력적인 마법을 발현하

는 모습을 보았으니 마법사들이 가만히 있을 리가 없었다.

"그럼 이 자리에서 결정하도록 하지요."

"저희가 생각한 명단은 다음과 같습니다. 헤루스와 세 분 헤라께 1기씩 배정해야 하고 다음으로 엘프 원로 중에서 서 클 마법을 익힌 베이린, 라흘, 도라레스, 다이아스 원로에게 도 배정해야 합니다."

아레오와 아나샤는 가온과 함께 먼저 타이탄을 받았지만 그건 시제품이라서 반납하고 새 타이탄으로 받을 예정이다.

"6서클 마법사인 라델, 주프라니, 두네르, 파르시 등 12명 도 포함해야 합니다."

지금 언급된 엘프들은 인챈트 마법뿐 아니라 정통이라고 할 수 있는 서클 마법까지 익힌 이들이다. 물론 당연히 정령 마법도 사용할 수 있었다.

"네, 헤루스. 스노족은 어떻게 할까요?"

스노족은 전사가 거의 없는 대신 결계술사들이 많다. 무려 800명이 넘을 정도이니 말이다.

"결계술사들도 타이탄이 필요할까요?"

주술과 초능력으로 마법진의 위력을 강화시키는 결계술 은, 마법 쪽으로 얘기하면 마법진에 특화된 마법사라고 할 수 있었다.

즉 본신의 마법 실력보다는 결계술이라고 부르는 마법진 을 이용해서 원하는 마법 현상을 만들어 내는 것이다.

"그 부분은 헤르나인 원로를 만나 얘기를 나눠 보실 것을 추천합니다. 아무튼 그쪽 말로는 자신들도 마법사용 타이탄을 잘 활용할 수 있다고 했습니다."

"그렇게 하지요. 나가족 쪽은 어떻습니까?"

"그쪽에도 주술사가 있으니 확인을 해 봐야 할 것 같습니다."

나가족은 전사들이 많기는 하지만 정신 제어나 세뇌 등 정신 마법이라고 할 수 있는 분야에 특화된 주술사들도 있다. 나가족 퀸인 예하의 경우 전사이자 주술사로 정점을 찍은 인물이다.

식사를 마친 후, 가온은 확정된 인원을 바로 타이탄 공방으로 불렀다. 아레오와 아나샤 그리고 엘프 16명이었다.

"여러분은 개인 타이탄을 지급받고 앞으로 아니테라 마법사단으로 활동하게 될 겁니다."

가온의 말에 모인 사람들이 일제히 환호성을 질렀다. 그렇게 기대하던 타이탄을 드디어 탈 수 있게 된 것이다.

"다만 단장은 자체적으로 뽑으시고 당분간은 출동 계획이 없으니 타이탄 기동에 집중해 주십시오."

"그럼 저희 마법사단도 전사단처럼 따로 독립적인 건물과 훈련장을 가지게 되는 건가요?"

마법사이자 원로인 라흘이 물었다.

"당연합니다. 여러분이 적당한 부지를 선정하면 건설단에 지시해서 마법 훈련장과 타이탄 훈련장을 만들 겁니다. 다만 마법 훈련장이나 건물은 여러분이 직접 지어야 합니다. 설계도는 모라이족 측이 맡아 줄 테니 그쪽과 의논하십시오."

"그건 당연합니다. 우리가 쓸 곳이니 우리가 직접 짓겠습니다."

비록 마법사이기는 하지만 정령사이기도 하고 체술을 수련했기 때문에 일반적인 마법사들보다 훨씬 더 강건한 육체를 가지고 있었다.

"당연히 그렇겠지만 굳이 힘쓰는 일까지 맡을 생각은 하지 마십시오. 최대한 빨리, 튼튼하고 멋진 건물을 짓고 입주할 생각을 하십시오."

"하하하. 마음이 너무 앞섰네요. 헤루스의 말씀대로 하겠습니다."

어느 정도 얘기가 끝나자 가온은 바로 그들이 기대하는 카드를 나눠 주었다.

"기동훈련은 아레오와 아나샤가 맡아 줘. 할 수 있지?"

"당연하지요! 저희에게 맡겨 줘요!"

"걱정하지 마시고 온 랑은 볼일을 보세요."

시간의 흐름이 달라서 이젠 가온보다 훨씬 더 오래 마법사용 타이탄을 탄 두 여인은 자신만만한 얼굴로 대답했다.

마법사 전용 타이탄을 지급받은 엘프 마법사들을 아레오와 아나샤에게 맡긴 가온의 발길이 향한 곳은 파로스강이라고 명명한 큰 강가에 있는 나가족의 거주지였다.

　파로스강에는 수많은 나가족들이 일을 하다가 그를 보고 소리를 높여 반갑게 인사를 해 왔는데 표정이 무척 밝았다.

　"헤루스!"

　가온의 도착 소식을 들은 예하가 물가에 길게 늘어선 목조 건물 중 하나에서 달려 나오더니 그의 품으로 뛰어들었다.

　"잘 지냈어?"

　가온은 손가락으로 품에 안기려는 예하의 이마를 밀면서 물었다.

　"쳇! 저희야 헤루스 덕분에 안전과 풍요로움을 만끽하면서 잘 살고 있지요."

　"전사단이 며칠 휴식을 한다고?"

　예하는 나가족의 퀸이기도 하지만 베타급 타이탄 라이더이기 때문에 미리 거취를 확인해 두었다.

　"네. 그동안 하루도 쉬지 않고 훈련만 해서 일부를 제외하고는 일주일 정도 휴식을 취하기로 했어요. 그런데 바쁘신 헤루스께서 무슨 일로 여기까지 오신 거예요? 설마 절 보고 싶어서?"

　"중요한 얘기를 나누고 싶어서 말이야."

　"그럼 제 거처로 가세요."

예하의 안내를 받으며 가는 도중에 나가족들이 강에서 뭘 하고 있는지 물어봤다.

"양어장을 만들고 있어요."

"아! 그물을 이용해서 가두리를 치고 물고기를 기르는 거군."

"잘 아시네요. 저희 일족이 생선을 좋아하기는 하지만 그래도 맛이나 풍미가 뛰어난 몇 종류의 물고기와 조개를 특히 더 즐기거든요."

"그럼 아이들은?"

강에서 일하는 이들은 어른들이었는데 여자들도 굉장히 많았다. 그런데 이상하게 아이들이 보이지 않았다.

"아카데미에 갔지요. 4세 이상은 모두 아카데미에서 공부하도록 헤루스께서 지시하셨잖아요."

그랬나? 원로회의에서 향후 교육체계에 대해서 논의했다고 보고서를 올렸다는 모둔의 말과 괜찮을 것 같다는 그녀의 의견을 듣고 즉각 시행하라는 지시를 내린 것만 기억이 났다.

"아카데미의 반응은 어때?"

"굉장해요! 어쩌면 그런 생각을 다 하셨어요? 나이나 부상 때문에 은퇴한 전사와 주술사를 교관으로 활용하라는 내용을 보고 다들 깜짝 놀랐다니까요. 몸이 그렇지 지식이나 경험은 뛰어난 분들인데 이제까지 제대로 활용을 못 한 저희의

무지가 부끄러울 정도였다니까요. 게다가 어린애들을 나이별로 보육을 시키고 체계적인 교육을 시키는 것도 육아에서 해방되어 하고 싶은 일을 하려는 엄마들에게 큰 반응이 있었어요."

다행이다. 지구와 탄 차원의 아카데미 체계를 적절하게 버무린 대강의 내용만 던져 주었는데 모둔의 능력이 뛰어나니 이런 결과가 나온 것이다.

그 후로도 예하는 아니테라로 이주한 후 바뀐 나가족의 삶이 얼마나 풍요로운지, 일족의 만족도가 얼마나 높은지, 그리고 그 모든 것을 베풀어 준 헤루스를 일족 모두가 감사해한다는 간지러운 얘기를 늘어놓았다.

그렇게 대화를 나누며 도착한 예하의 거처는 생각보다 소박했다. 침상과 몇 벌의 옷 그리고 작은 가구 몇 개가 끝이었다.

방 한쪽에 있는 제단 정도를 제외하면 일족의 수장이 지내는 거처라고는 믿어지지 않을 정도였다.

'마음에 드네.'

그런 마음으로 마주 앉은 예하를 보자 그동안 일부러 무시했던 다양한 매력이 느껴졌다.

"그런데 정말 무슨 일로 오신 거예요?"

여기까지 오는 동안 나눈 대화야 자신을 불러 들으면 되는 내용이었다.

"나가족에도 주술사가 있다고 했지?"

"네. 저 역시 주술사고요."

"주술사에도 등급이 있나?"

"딱히 등급을 나누지는 않지만 굳이 등급을 나눈다면 네 등급이 있어요. 등급의 이름이야 헤루스께는 별 의미가 없을 테고, 제물이나 악기와 같은 도구를 사용하지 않고도 주술을 쓸 수 있는지 여부로 두 등급으로 분류할 수 있어요."

"그 주술이라는 거 마나를 사용하는 거지?"

"핵심은 주술을 발동하고자 하는 의지와 주문이지만 주술의 효과는 몸 안에 쌓은 마나와 착용한 장신구의 마정석에서 나와요."

그래서 주술사들이 몸에 마정석이나 마나석을 장착한 반지며 팔찌 그리고 목걸이를 걸치는 모양인데 체내에 서클, 즉 마력 링을 보유한 마법사와는 좀 다르지만 마나를 사용하는 건 동일했다.

"타이탄에 탑승한 상태에서 주술을 사용할 수 있을까?"

"당연하죠! 막대한 마나를 증폭해서 사용할 수 있기 때문에 주술의 위력이 몇 배는 더 강력해진다고요!"

눈치가 빠른 예하는 이제야 가온이 자신을 찾아온 진정한 목적을 깨달은 것이다.

"제물을 사용하지 않고도 주술을 펼칠 수 있는 주술사는 몇 명이나 되지?"

"저까지 포함하면 열여섯 명이에요."

생각보다 많지는 않았다.

"예하는 이미 타이탄이 있으니 나머지 열다섯 명에게는 마법사 전용 타이탄을 지급하도록 하지."

"알겠어요!"

예하도 마법사 전용 타이탄이 개발되었다는 말을 들었기에 기대를 하고 있었는데, 이렇게 가온이 직접 찾아와서 자신의 의견대로 타이탄을 배정해 주니 너무 감동했다.

"타이탄을 지급받은 주술사들은 타이탄 마법사단에 합류해야 해."

"전사의 사례도 있으니 별문제는 되지 않지만 주술사들은 전사들과 달리 개인적인 성향이 강해서 잘 적응할지 모르겠네요."

주술사도 마법사와 비슷한 성향을 가지고 있는 모양이다.

"적응하지 못하는 주술사는 타이탄을 회수할 거야."

그 말과 함께 대상자들을 2시간 후에 타이탄 공방으로 오라는 말을 전한 가온은 곧바로 스노족 거주지로 향했다.

◆◆◆

스노족의 거주지는 넓고 높은 협곡 안이었다. 태생적으로 햇빛 알레르기가 심한 그들에게는 안성맞춤인 장소였는데 집마저도 협곡 절벽에 판 굴이었다.

'결계가 대단하네.'

심안 스킬이 아니었다면 눈으로 보면서도 이곳에 5천여
명이나 되는 스노족이 거주하고 있다는 사실을 전혀 몰랐을
정도로 완벽하게 은폐되어 있었다. 스노족이 설치한 대규모
결계의 위력은 그만큼 대단했다.

그래도 아니테라에는 위험한 마수나 몬스터가 없기 때문
에 결계의 존재를 아는 사람은 어렵지 않게 결계를 통과할
수 있었다.

스노족 수장인 헤르나인도 베타급 타이탄 라이더였지만
예하처럼 오랜만에 마을에서 쉬고 있다가 가온의 방문 소식
을 듣고 날듯이 달려왔다.

그녀만이 아니다. 그늘진 곳에서 체술을 수련하던 전사와
결계술사 들은 물론 자신의 집, 즉 굴에서 할 일을 하던 사람
들이 일제히 '헤루스'를 외치며 반겨 주었다.

가온은 헤르나인을 비롯한 스노족 수뇌부와 함께 공회당
용도로 사용되는 거대한 굴 안으로 향했다.

"헤루스, 여긴 어쩐 일이세요?"

스노족이 가장 좋아하는 엘프 차가 나오고 가온이 한 모금
마시자 헤르나인이 눈을 반짝이며 물었다.

"만족도 조사라고나 할까? 어때, 이곳에서의 생활은 마음
에 들어?"

"당연하죠! 이렇게 안전하고 풍요로운 땅에서 살아갈 수 있을 거라고는 아무도 예상하지 못했기에 다들 행복해하고 있어요!"

다른 수뇌들의 대답도 헤르나인의 것과 비슷한 내용이었다. 유일하게 튀는 대답은 가온과 처음 조우한 헤르로듀미러스의 것인데 다른 종족은 아니테라에서 맡은 일이 있는데 스노족은 그런 것이 없어서 불안하다는 내용이었다.

"물어볼 게 있는데 결계술사들은 결계를 치지 않으면 마법과 같은 현상을 만들어 낼 수 없나?"

헤르나인뿐 아니라 다른 수뇌의 의견도 들을 필요가 있었다.

"당연히 가능해요. 물론 그 정도 수준의 결계술사는 우리 일족에도 이 자리에 있는 분들을 포함해서 열일곱 명 정도밖에 안 되지만요."

헤르나인이 스노족의 수장이자 최고의 전사와 결계술사이기에 당연히 그녀가 가장 먼저 대답을 했다.

"조금 더 구체적으로 설명해 줘."

"강력한 정신력과 의지로 체내에 쌓은 마나를 움직여서 허공에 결계를 그려서 마법과 유사한 현상을 구현하는 거예요."

"마법이나 주술과 비교하면 위력은 어때?"

"구현에 필요한 시간은 두 배 정도 느리지만 결계를 사용하기 때문에 위력은 두세 배 높다고 자부해요."

그럼 충분히 마법사용 타이탄 라이더가 될 수 있었다.

'그래도 열일곱 명밖에 안 되네.'

안타까운 일이다. 자신이야 별 상관이 없지만 스노족이 지금처럼 아니테라에 별 기여를 하지 못한다면 주민들 사이에서도 경원시될 가능성이 높았다.

"그런데 그건 왜 물어보시는 건가요? 혹시 이번에 새로 개발된 마법사 전용 타이탄과 관련이 있나요?"

헤르나인은 눈치가 빠른지 어느 정도 감을 잡은 것 같았다. 그녀의 질문에 동석한 수뇌들의 눈이 휘둥그레졌다.

"맞아. 스노족 결계술사 열일곱 명에게 마법사 타이탄을 배정할 거야."

"오오옷!"

이 자리에 있는 수뇌들은 모두 해당이 되기에 반응은 아주 광적이었다. 벌떡 일어나서 춤을 추는 이부터 주먹을 불끈 쥐고 마구 흔드는 이까지 기쁨을 숨기지 못했다.

"그런데 좀 아쉽네."

"뭐가요."

"나도 결계술사들을 활용하고 싶은데 마땅한 방도가 없어. 결계술사는 고급 인력인데 말이야."

가온의 말에 헤르나인을 포함한 스노족 수뇌는 안타까운 얼굴로 고개를 격하게 끄덕였다.

자신들이 생각해도 현재 아니테라에서 결계술사들이 할 일이 없었기 때문이다.

생각 같아서는 결계술사들에게 마법을 익히라고 권유하고 싶은데 입이 떨어지지 않았다. 그건 평생, 아니 일족이 오랫동안 연구해서 이룩해 온 현 결계술을 부정하는 것이니 말이다.

그런데 막 자리에서 일어나려고 할 때 헤르로듀미러스가 입을 열었다.

"헤루스, 타이탄 제작이나 정비 쪽이라면 우리도 할 일이 있을 것 같습니다."

"어떻게?"

"결계와 마법진은 굉장히 유사합니다. 용어나 그리는 법은 좀 다르지만 거의 동일한 개념에서 출발했다고 생각합니다. 만약 우리에게 마법진을 체계적으로 연구할 기회가 주어진다면 보다 효율적인 마법진을 개발하거나 개량할 수 있을 것 같습니다. 그리고 타이탄에 필수적인 마법진을 개량하거나 훼손이 되었을 때 새로 새길 수 있고요."

헤르로듀미러스의 말이 맞는다면 아니테라는 마법진에 특화된 800여 명의 인챈트 전문 마법사를 얻을 수 있었다.

"그럼 알름 공방장에게 말을 해 둘 테니 일단 숙련된 결계술사들을 자원자에 한해서 타이탄 공방에 합류하는 것이 좋겠네."

현재 생산 라인 중에서 가장 시간이 많이 걸리고 불량이 많이 발생하는 부분이 타이탄이나 기가스에 마법진을 새겨 넣는 공정이었다.

　숙련된 결계술사라면 마법진을 그리거나 새기는 작업이 어려울 것 같지 않았다.

　"그렇게 하겠습니다."

　대답을 하는 헤르로듀미러스의 태도나 다른 결계술사들의 표정을 보니 꽤 많은 수가 자원할 것 같은 기분 좋은 예감이 들었다.

　'그나저나 마법진을 체계적으로 가르쳤으면 좋겠는데. 일단 마법진과 관련된 자료를 구해 봐야겠네. 아! 있구나!'

　탄 차원에서 도서관 유적에 들어갔을 때 통째로 암기해 왔던 서적 중 마법진에 대한 내용이 꽤 있었다는 기억이 떠올랐다. 거기에 이번에 확보한 마법 학회지의 내용 중에서도 마법진에 대한 내용이 있을 것이다.

　'벼리가 내용을 기억하고 있을 테니 부탁을 해 봐야겠네. 그리고 나중에 마법사들을 따로 모아서 이런 부분을 논의해 보고.'

　안 그래도 마법사 전용 타이탄으로 인해서 마법사단을 조직하기로 했으니 이 기회를 이용하면 될 것 같았다.

　2시간 후, 나가족 주술사 열다섯 명과 스노족 결계술사 열일곱 명이 타이탄 공방 외곽에 모였다.

가온은 그들에게 마법사용 타이탄을 아공간 카드와 함께 지급하고 아레오와 아나샤에게 기동훈련의 교습을 맡겼다.

그와 함께 타이탄 공방과 그리 멀리 떨어지지 않은 강가에 마법사단과 훈련장들이 들어설 부지를 확정하고 건설단에 훈련장의 건설을 맡겼다.

마법사단이 머무를 건물의 설계는 이미 모라이족이 마친 상태여서 건축에 필요한 인력만 확보하면 되는 상황인데 전사들은 물론 마법사, 주술사, 결계술사들이 모두 그 일에 자원했다.

"앞으로 저희 아니테라 마탑의 초석이 되는 뜻깊은 일인데 당연히 참여해야지요."

가온은 거기까지 생각하고 벌인 일이 아니었지만 그들은 더 멀리 보고 움직인 것이다.

본의 아니게 마법사단의 창설 멤버가 된 이들은 오전에는 강도 높은 기동훈련과 마법 수련을 한 후 오후에는 건축에 직접 참여했는데 그들 덕분에 건축 속도가 엄청나게 빨라졌다.

당장 건축 자재에 경량화 마법만 걸더라도 노동의 강도가 확 낮아질 수밖에 없었다.

게다가 주술사나 결계술사는 정도의 차이는 있었지만 염력을 사용할 수 있었기에 건축자재를 나르는 일 정도는 어렵지 않게 해냈다. 당연히 건축 일정이 짧아질 수밖에 없었다.

시멘트나 철근과 같은 건축자재는 기존에 가온이 보유하고 있던 다양한 광석들을 드워프들이 제련 및 제철을 통해서 순식간에 만들어 냈고, 목재의 경우 인공적으로 조성한 숲의 나무들을 모라이족과 나가족들이 베어 내고 가공해서 제공했다.

덕분에 불과 나흘 만에 마법사단의 요람이 완성되었다.

업무를 보는 본관 외에 도서관, 연구관 등이 추가되었고 당연히 마법 수련장과 타이탄 훈련장 그리고 다양한 휴게 시설들이 완비된 근사한 곳이었다.

그렇게 출범한 타이탄 마법사단은 두 명의 헤라와 열여섯 명의 엘프족, 열다섯 명의 나가족, 열일곱 명의 스노족으로 구성되었다.

마법사단에 소속된 이들은 함께 타이탄 기동훈련은 물론 마법과 주술 그리고 결계술을 활용한 다양한 공격과 수비 훈련을 했다. 또한 이번 일을 계기로 함께 모여서 마법과 주술 그리고 결계술을 연구하는 시간을 따로 가졌다.

당연히 벼리와 두 리치도 토론에 참여했고 이전에 존재하지 않았던 새로운 마법과 주술 그리고 결계술에 대한 연구가 이루어졌는데 공통점이 많은 마법진, 주술진, 결계진이 그 대상이었다.

다른 변화도 있었다. 타이탄 마법사단의 출범에 맞추어서 스노족 결계술사 50명이 타이탄 공방에 합류하기로 했다.

물론 오늘은 시간이 늦어서 참관만 하고 내일부터 생산 라인에 합류하기로 했다.

"나이나 기도로 보아서 스노족에서 중요한 위치에 있는 것 같은데 정말 자원한 거야?"

가온은 그들을 이끌고 온 헤르나인에게 확인했다. 혹시 그녀가 족장의 권위를 이용해서 만든 일인가 싶었기 때문이다.

"자원한 것이 맞아요. 사실 저도 많이 놀랐어요. 저분들은 식량을 포함한 생필품의 조달 및 분배 그리고 교육과 같은 중요한 일을 담당해 왔거든요. 그런데 얘기를 들어 보니 아니테라에 정착하면서 문제가 완전히 해결되었고, 아니테라는 필요한 모든 물건을 쉽게 구할 수 있어 할 일이 없어진 상태라고 해요."

"그럼 결계술을 더 연구해야 하는 거 아닌가?"

"당연히 그래야 하는데……."

사실 가온은 전혀 그런 생각을 하고 있지 않지만 헤르나인을 비롯한 스노족 지도자들은 지금 초조한 상황이었다.

엘프족이야 그렇다고 치더라도 모라이족이나 나가족도 이 안전하고 풍요로운 땅의 주인인 헤루스는 물론이고 아니테라를 위해 나름 중요한 역할을 수행하고 있는데 스노족은 그렇지 못했다.

전사도 겨우 열 명밖에 안 되는 상황에 결계술은 이곳이나 헤루스에게 별로 쓸데가 없으니, 자칫 쓸모가 없다는 이유로 이곳에서 쫓겨날 수도 있다고 불안해하고 있었다.

거기에 새로 드워프족과 휴먼족까지 합류한다고 하니 불안감은 고조될 수밖에 없었다. 그래서 나온 행동이 바로 타이탄 공방에서 가장 중요하다고 할 수 있는 마법진 각인 작업에 참여하는 것이었다.

그렇다고 결계술 수준이 낮으면 남들이 우습게 여길 수 있으니 이곳에 와서 할 일이 없어진 중진들이 자원한 것이다.

가온의 바람에 맞추어 기가스와 건설용 타이탄 그리고 마법사 전용 타이탄을 대량 생산해야 하는 알름 입장에서는 당연히 박수를 치며 반길 수밖에 없는 고급 인력이었다.

헤르로듀미러스가 장담한 대로 타이탄 생산 공정을 참관한 스노족 결계술사들은 이틀 정도만 마법진을 연구하면 충분히 마법진을 새기는 작업을 해낼 수 있다고 자신했다.

'이제 다시 아이테르 차원으로 건너가야겠네.'

이제 타이탄과 기가스를 대량으로 공급해서 아이테르 차원의 무력을 한 단계 이상 끌어올리는 일만 남았다.

'앞으로는 좀 더 많은 수량을 경매에 내놓아야겠어.'

기존에 타이탄 시장을 장악한 열두 마녀 측에서 어떻게 나올지는 알 수 없었지만 가온은 전혀 걱정하지 않았다. 현재의 아니테라 전력이라면 그 어떤 도발도 단번에 무력화시킬 자신이 있었다.

여우족의 의뢰

가온은 다시 드워프족과 휴먼족이 살던 거대한 공동으로 건너왔는데 아무도 보이지 않았다.

'여우족이 내려와 있을 줄 알았는데 반응이 없네.'

시간의 흐름이 다르긴 했지만 아그네스의 반응으로 보아 여우족에게 드워프족은 굉장히 중요한 것 같은데 반응이 조금 의외다. 드워프족이 없어졌다는 소식을 들었으면 당연히 원로들이 상황을 파악하기 위해서 곧바로 내려왔을 줄 알았던 것이다.

'차라리 잘됐네. 할 일이나 하자.'

가온은 알름 족장을 포함한 모라이족 수십 명을 소환해서 휴먼족이 머물던 동굴 하나를 더 깊게 파서 지상까지 연결한 후 모라이족을 돌려보내고 카우마에게 부탁해서 무너뜨렸다.

그렇게 작업을 마쳤지만 아직 할 일이 남아 있었다.

'카우마, 녹스, 아직 더 있어야 해?'

카우마는 용암천들의 지하로 들어가서 마그마의 열기를 흡수하고 있었고 녹스는 용암에 포함된 유독가스에서 독 기운을 추출하고 있었다.

-거의 다 됐어요!

-아직 많이 남아서 아쉽지만 이 정도만 하지.

가온의 채근에 카우마와 녹스가 돌아온 직후 아그네스를 앞세운 여우족의 원로들이 그가 있는 곳으로 찾아왔는데, 얼굴에 수심이 가득한 것을 보니 무슨 일이 있었던 모양이다.

"한참 찾았잖아요. 여기서 뭐 하세요? 드워프를 발견했나요?"

이곳을 처음 와 보는 것처럼 주위를 둘러보면서 드워프를 언급하는 아그네스의 태도로 보아서 휴먼족에 대해서는 잘 모르는 것 같았다.

"아니요. 공동을 수색하다가 또 다른 돌집들을 발견했지만 아무도 보지 못했습니다. 그래서 좀 더 살펴보니 이곳의 환경이 그나마 공동 중앙부와 비교해서 살기에 좋은 것 같아서 둘러보다가 동굴을 발견해서 막 살펴보려고 하던 참입니다."

"어! 정말 동굴들이 아주 많네요. 맑은 샘도 있고요. 설마 이곳으로 거처를 옮긴 건가?"

아그네스가 그렇게 말하자 뒤에 있던 여우족 원로들이 굳은 얼굴로 동굴 안으로 들어가더니 심각한 얼굴로 다시 나왔다.

"뭔가 발견하신 거예요?"

아그네스의 질문에 바아델이 고개를 흔들었다.

"아무래도 드워프들이 이곳을 떠난 것 같구나. 모든 것을 다 챙겨서 말이야. 동굴 중 하나가 성 밖의 지상과 연결이 된 것 같은데 무너져 있어."

"안타깝네요. 드워프족에 부탁해서 가온 씨에게 좋은 무기를 선물하고 싶었는데……."

"그러게요. 전설의 드워프족을 만날 수 있을 줄 알았는데 조금 실망했습니다."

"그나저나 시장하지는 않으세요?"

아니테라에서 하루 반나절 정도를 보내는 바람에 헷갈리기는 하지만 이곳의 시간으로 보면 점심을 먹을 때가 맞았다.

"그러고 보니 조금 시장하군요."

"오늘은 비행 마수들이 성안으로 들어오는 바람에 제대로 식사를 하지 못해서 따로 만든 샌드위치가 있는데 좀 드시겠어요?"

그런 일이 있었기 때문에 원로들이 바로 내려오지 못했던 모양이다.

"그럴까요?"

그렇게 가온과 아그네스가 샘 한쪽에 자리를 잡고 샌드위치를 먹기 시작했을 때 원로들은 멀찌감치 떨어진 곳에 모여 심각한 대화를 나누었다.

"정말 드워프가 이곳을 떠난 건가?"

바아델이 믿을 수 없다는 얼굴로 혼잣말을 했다.

"완전히 떠난 것 같습니다."

"디시프 원로의 말이 맞습니다. 우리 다섯 명이 먼저 내려와서 이곳을 둘러봤는데 얼마 전 이주하기 전까지 살았던 돌집과 창고 건물만 남았을 뿐 새롭게 지은 것으로 보이는 집들은 물론 고로나 대장간과 같은 시설은 통째로 사라져 버렸습니다. 남은 거라고는 제련이나 제철 과정에서 나온 잔해들밖에 없었습니다."

원로들은 드워프족이 한번 이주했다는 사실까지는 알고 있었다.

"하아. 괜히 바깥 상황을 말했던 걸까요? 설마 던전을 공략하려고 따로 밖으로 나간 건 아니겠지요?"

한 원로의 말에 바아델이 고개를 저었다.

"그건 아닐 거예요. 그들이 비록 휴대용 마나포 개발에 거의 성공했지만 그래도 던전을 어찌지 못한다는 사실은 잘 알 테니까요."

"그런데 왜 인간들이 안 보이죠? 설마 데리고 간 걸까요?"

"그럴 가능성이 높아요. 만약 다른 곳으로 이주하기로 결정했다면 숫자가 많은 것이 유리할 테니까요."

"이러면 인간들을 미끼로 비행 마수들을 지상 쪽으로 끌어내린 후 타이탄과 마나포를 이용해서 사냥하려던 계획은 무산된 거네요."

한 원로의 말에 다른 원로들은 굳은 얼굴로 고개를 끄덕였다.

"이렇게 되면 우리도 진짜로 이곳을 떠나야 해요."

"맞습니다. 아그네스 덕분에 타이탄 10기를 확보하기는 했지만 드워프와 인간도 사라졌고, 릴센 쪽에서 지원을 하지 않을 것으로 보이니 비행 마수를 사냥할 수 없게 되었어요."

"문제는 비행 마수들이 우리를 쉽게 보내 주지 않을 겁니다. 심각한 인명 피해를 감수할 수밖에 없습니다."

"인명 피해를 감수하고 이곳을 떠난다고 해도 앞으로의 거취가 문제예요. 현실적으로 우리가 갈 수 있는 곳은 릴센밖에 없는데 그동안 무구 납품 문제로 인해서 사이가 좋지 않아서 우리를 받아들이지 않으려고 할 수도 있어요."

"지금까지도 지원을 확정하지 않은 릴센의 태도만 봐도 그럴 가능성이 농후합니다. 차라리 아그네스의 말대로 소수를 내보내서 아공간 주머니를 이용해서 무구를 팔고 대신 식량을 사 오는 방식으로 버티는 것이 나을 것 같습니다."

"우리가 이곳에서 버틴다고 비행 마수들이 사라지는 것은 아닙니다. 근처에 던전이 있는 이상 여우성 주위에는 항상 비행 마수가 있다고 봐야 합니다. 그렇게 되면 감옥에 갇혀 사는 것이나 다를 바가 없습니다."

"상황이 아주 고약하게 되었네요."

그렇게 원로들의 의견이 분분하게 갈렸을 때 한 원로가 숨을 빠르게 몇 번 쉬더니 입을 열었다.

"그런데 이곳 공기가 좀 달라진 것 같지 않나요? 열기도 덜한 것 같고요."

"확실히 숨쉬기가 편해졌어요."

"그럼 정말 드워프들이 바깥과 통하는 통로를 뚫었다는 말이네요. 다른 동굴과 달리 무너져 있는 동굴을 다시 살펴봐야 할 것 같아요."

여우족 원로들은 비상 탈출로가 될 수도 있겠다는 생각이 들었는지 기대감을 가지고 무너진 동굴로 향했다.

아그네스와 식사를 하던 가온은 인간의 범주를 초월한 감각 덕분에 여우족 원로들의 대화를 모두 들었다.

'여우족을 아니테라에 받아들이는 건 아니네.'

선조들이 거처하던 여우성을 뺏기고 지하로 내려온 드워

프족이야 서로 이용하는 관계이니 그럴 수 있다고 치지만 자신들을 대신해서 드워프를 돕고 있던 휴먼족을 미끼로 사용하려 했다는 말에 정나미가 떨어졌다.

'원하는 것은 다 얻었으니 빨리 떠나야겠다.'

그렇게 결정을 내리자 이곳에 대한 흥미와 관심이 확 식어 버렸다.

식사를 마쳤을 때 다시 동굴 밖으로 나온 여우족 원로들은 흙먼지를 뒤집어쓴 모습이었다.

─호호호. 내가 무너뜨린 구간은 지반이 불안해서 다시 뚫기는 힘들 거야.

가온의 어깨 위에 앉아 쉬고 있던 카오스는 여우족 원로들의 행색이 재미있는지 웃음을 터트렸다.

영혼이 이어져 있어서 그런지 가온과 감정을 공유하고 있어 그들의 모습이 고소한 모양이다.

심각한 얼굴을 하고 있는 여우족 원로들과 가온은 별다른 대화도 없이 다시 지상의 광장으로 올라왔다.

"원로들께서 의논할 것이 있다고 하니 잠시 자리를 비울게요. 딱히 구경을 시켜 드릴 곳이 없는데, 어떻게 하죠?"

바아델의 귀엣말을 들은 아그네스가 미안한 얼굴로 말했다.

"나는 괜찮습니다. 쉬고 있겠습니다."

말은 그렇게 했지만 속으로는 여우족 원로들을 욕했다.

'쪼잔한 놈들!'

무려 타이탄을 선물한 손님에게 자신들의 영역조차 구경시켜 주지 않는다는 건 구린 구석이 있거나 극도로 폐쇄적인 성향을 가지고 있다는 의미다.

'아마 후자겠지.'

릴센 시티와 연관된 것도 아니니 원래 여우족은 외부인에게 이런 식으로 행동해 왔을 것이다.

아무튼 덕분에 자유를 얻은 가온은 멀찍이 떨어진 광장의 한구석에 자리를 잡고 앉아서 연공을 시작했다. 방해할 사람도 없지만 설사 있다고 해도 그의 곁에 항상 머무르고 있는 카오스가 알아서 처리할 것이다.

원로들의 분위기는 아주 심각했다.

"하아! 타이탄이 생기긴 했는데 믿었던 드워프들이 사라졌으니 이 일을 어쩐담."

지금까지 여우성은 자체 무력 상승을 위해서 타이탄을 구입하려고 무척 애를 써 왔다.

다행하게도 릴센 시티로 파견했던 아그네스가 귀인을 만나 타이탄 구매를 약속했다는 소식을 듣고 원로들은 만세를 불렀다.

타이탄에 드워프들이 개발한 마나포를 더하면 막강한 전투력을 확보할 수 있었기 때문이다.

그런데 얼마 지나지 않아서 멀지 않은 곳에 던전이 생성되었다.

어지간한 던전이었다면 구입하기로 한 타이탄 10기면 공략할 수 있었지만 상황이 녹록지 않았다. 하필이면 그 던전에서 비행 마수, 그것도 상급이라고 할 수 있는 하피와 그리핀 그리고 변종 아울이 나온 것이다.

막 던전에서 나온 놈들은 눈에 띄는 생명체는 모조리 사냥하기 시작했고 심지어 몇 번이나 여우성 안으로 들어와서 난리가 났었다.

다행한 것은 여우족의 거처라고 할 수 있는 굴의 입구에는 감각을 혼란시키는 환상진이 펼쳐져 있어서 여우족이 아니면 제대로 된 위치를 찾을 수가 없었다.

굴의 입구인 줄 알고 날아 들어오려고 했던 하피와 그리핀 몇 마리는 암벽에 부딪혀 사냥감이 되었다.

그렇게 되자 놈들은 밤낮으로 여우성 주위를 날면서 감시를 하면서 움직이는 생물체는 무조건 공격하는 방식으로 여우족의 피를 말리고 있었다.

다행하게도 그들과 깊은 관계를 맺고 있으며 그들의 지원으로 타이탄을 개발해 왔던 드워프들에게서 마나포가 곧 완성될 거라는 희소식을 듣고 타이탄과 마나포의 조합으로 비행 마수들을 처리하려고 했는데, 드워프들이 모두 사라진 것이다.

10년 이상 지하 공동에서 드워프를 돕고 있는 휴먼족은 여우족에게는 전혀 고려의 대상이 아니었다.

"그래도 타이탄이 생겼으니 최악의 경우 탈출할 때 훨씬 더 많은 목숨을 구할 수 있게 되었습니다."

"맞습니다. 타이탄 없이 그 상황을 맞이했다고 생각해 보십시오."

잠시 흔들리기는 했지만 원로들은 타이탄을 잘 구매했다고 결론을 내렸다. 그에 화제는 다시 외부의 지원 건으로 돌아갔다.

"아그네스, 네가 보기에 릴센에서 어떻게 나올 것 같니?"

바아델이 릴센에 이쪽 상황을 알리고 지원을 요청했지만 아직까지 특별한 소식은 없었다.

"상대가 비행 마수가 아니었다면 상황이 좀 달랐을 것 같은데, 잘 모르겠어요."

그렇게 대답은 했지만 아그네스는 릴센 측이 거래 문제로 여우족에게 부정적인 감정을 가지고 있기 때문에 결국 지원을 하지 않을 거라고 확신했다.

"설마 그렇게까지 할까? 우리 여우족 출신들이 거기에 얼마나 많은데. 당장 시장의 부인만 해도 우리 여우족이잖아."

"세릴 원로님, 사실대로 말씀드리면 상황이 녹록지 않아요. 비행 마수를 효과적으로 상대할 수 있으려면 최소한 익스퍼트 중급은 되어야 해요. 마법사도 5서클 이상은 되어야 하고요. 한두 명으로는 해결할 수 없는 상황인데, 과연 막대한 피해가 안 봐도 뻔한 상황에서 릴센에서 시티의 정예들을 과연 파견할까요? 제가 비록 그곳에서 생활부장 자리에 있지만, 그 소식이 전해진 후 시장님은 물론 헌터국장이나 전사대장마저 절 피하기 시작했어요. 아무도 안 만나 주더라고요."

아그네스는 아직도 상황을 제대로 파악하지 못하고 희망을 품고 있는 원로에게 진실을 전하려고 노력했다.

"하아! 릴센에서 우리에게 이렇게 나오면 안 되는데……."

"맞아요! 우리 덕분에 드워프의 손길이 들어간 무구를 다른 시티에 높은 가격에 판매했고, 타이탄 제작 기술도 상당 수준까지 확보했는데, 어떻게 이럴 수 있습니까?"

"그뿐이 아니에요. 시장의 부인부터 시작해서 많은 여우족 여인들이 릴센의 전사나 상인과 결혼을 했는데 이러면 안 되지요!"

기대를 접자 이젠 원망이 흘러나왔다.

"이건 오랫동안 거래를 해 온 관계나 시장을 포함한 많은 사람들이 여우족 여인과 결혼을 했다고 해서 쉽게 나설 수 없는 일이기는 해요. 대가를 약속하지 않는 한 지원은 기대하지 않는 것이 좋겠어요."

바아델이 쓴웃음을 지으며 원로들을 달랬다.

"하지만 비행 마수를 상대할 방도가 없잖아요. 고위급 마수들에게는 우리 일족의 환영 능력이나 변신 능력이 거의 통하질 않아서 성을 벗어나면 바로 공격을 당하잖아요. 오늘처럼 수십 마리가 들어오면 환영진이 망가질 수도 있고요. 그렇다고 성에 스스로 갇혀 굶어 죽을 수도 없는 노릇이고요."

"방법이야 있기는 하지. 가장 최선은 텔레포트 마법진을 설치할 수 있는 고위급 마법사를 구하는 것이고."

한 원로의 말에 다른 원로들의 눈에 희망의 빛이 떠올랐지만 이내 사라졌다.

"하지만 우리 여우족을 위해 그런 일을 해 줄 고위급 마법사를 찾기도 어렵지만 우리가 무슨 재물이 있어서 그 대가를 치를 수 있겠어요?"

"후유! 그게 문제지. 오랫동안 모아 왔던 마정석으로 타이탄을 구입한 상황이라 우리가 제대로 된 대가를 치를 수 없다는 것."

길게 한숨을 내쉰 바아델이 그렇게 말을 하고는 눈을 질끈 감았다. 그리고 한참 동안 누구도 입을 열지 않았다.

구석에 조용히 앉아 잠시 깊은 생각에 잠겨 있던 아그네스가 침묵을 깼다.

"혹시 온 훈 경이 우리를 도와줄 수 있지 않을까요?"

"어떻게?"

바아델은 그렇게 물으면서 멀리 떨어진 곳에서 연공을 하는 가온을 쳐다보았다.

"온 훈 경은 아니테라 시티의 타이탄 전사단장이라고 알려졌어요. 알파급은 얼마나 되는지 알 수 없지만 베타급 라이더만 스무 명을 거느리고 있다고 들었어요. 심지어 본인은 소드마스터이고요. 그 정도면 어떤 식으로든 우리를 구해 줄 수 있지 않을까요?"

아그네스의 말에 바아델을 비롯한 원로들이 일제히 고개를 끄덕였다.

"확실히 그 정도면 큰 도움이 되겠지. 아직 선정되지도 않았지만 우리도 타이탄 라이더가 열 명이나 있으니까. 사냥이나 던전을 공략하는 것까지는 몰라도 최소한 비행 마수들의 이목을 다른 곳으로 향하게 만들 수는 있을 거야. 그런데 이번에도 마정석으로 대가를 치르려고?"

"마정석은 여유가 있기는 하지만 우리가 써야 하기도 하니 다른 것으로 치러야지요."

"그게 뭔데?"

"나인테일을 대가로 비행 마수들을 사냥해 달라고 하면 어떨까 싶어요."

"그, 그건……."

아그네스의 말에 원로들이 곤혹스러운 반응을 보였다.

"우리 일족이 멸족하면 다 소용이 없는 신물이지요. 게다가 주인까지 가리는 신물이고요. 이곳에 자리를 잡기 이전까지 생각하면 무려 천 년 이상 주인을 찾지 못했어요. 이쯤 되면 정말 신물인지 의심을 안 할 수가 없어요. 그래도 전설에 따르면 나인테일은 적합자의 경우 하루 한 번 환상 주술을 쓸 수 있게 해 주고 결계를 꿰뚫어 볼 수 있는 능력을 준다고 하니, 어쩌면 그의 관심을 끌 수도 있어요."

"흐음."

아그네스의 말을 들은 원로들의 눈빛이 깊이 침잠되었다.

여우족의 신물인 일명 나인테일은 천 년도 훨씬 전에 존재했던 구미호가 남겼다.

그녀는 당시 번성기를 누리던 여우족의 수장으로 당시 세상에 덮쳤던 미증유의 재난에서도 신에 버금가는 능력으로 수없이 많은 여우족을 구했다고 했다.

하지만 그 과정에서 무리를 하다가 결국 심각한 중상을 입었고 결국 자신의 꼬리만 남기고 홀연히 사라졌는데, 누구든 꼬리의 진정한 주인이 되면 자신의 능력을 계승해서 쓸 수 있다는 말을 남겼다고 한다.

그래서 여우족은 나인테일의 주인을 초대 조상으로 여기고 숭배해 왔다.

여우족은 아홉 개로 갈라진 거대한 꼬리를 지금까지 신물로 지켜 왔고 성년기를 맞이한 여우족은 예외 없이 나인테일을 만지는 의식을 치렀지만 천 년이 훨씬 넘도록 주인은 나오지 않았다.

"만약 그가 거절한다면?"

"우리 여우족이 오랜 시간 동안 지켜 온 신물이에요! 당연히 거절할 리가 없잖아요!"

"그게 어떤 신물인데……."

원로들은 당연히 가온이 신물에 열광할 것이라고 생각했지만 아그네스는 쓴웃음을 지으며 고개를 저었다.

"우리 여우족에게나 보물이지요. 여우족도 아닌 그가 크리스털이나 나인테일의 적합자일 가능성은 영에 수렴해요. 하지만 타이탄 10기를 자신의 재량으로 판매할 수 있는 권력을 가졌으며, 베타급 타이탄 라이더일 정도로 능력이 출중한 사람이에요. 저는 우리 일족의 목숨을 구해 주는 대가로 너무 약소하다고 생각해서 다른 어떤 것을 더 내놓아야 할지 고민이에요."

불만 가득한 얼굴을 하고 있었던 원로들은 아그네스의 말에 표정을 딱딱하게 굳히고는 다시 입을 닫았다.

한참 후에야 족장인 바아델이 입을 열었다.

"우리 여우족 선조가 남긴 크리스털을 더하면 받아들일까?"

"그건 안 돼요!"

"크리스털은 우리 일족의 정수가 들어 있는 보물로 후대에 전해 주어야만 하는 보물이에요!"

"크리스털을 뱉어 내면 우리 여우족은 힘의 절반을 상실한 다는 사실을 알면서도 그런 소리를 하시는 겁니까?"

당장 바아델의 말에 격한 반응이 터져 나오는 것으로 봐서 는 크리스털이라는 아이템은 여우족에게 나인테일보다 더 소중한 것 같았다.

"우리 원로의 몫을 말씀드리는 것이 아니에요."

"그럼, 헙! 설마 호론 선조의 크리스털?"

경악한 원로의 물음에 바아델이 고개를 끄덕였다.

"우리의 능력으로는 도저히 활용할 수 없는 크리스털이에 요, 지난 세월 그 누구도 몸 안에 담을 수 없었던. 주인을 가 리는 나인테일과 달리 소드마스터에 근접한 강자에게는 운 이 좋다면 큰 힘이 되어 줄 수 있을 뿐 아니라 귀한 수집품이 될 수도 있어요."

"끄응!"

원로들은 바아델의 말을 듣고 침음만 흘릴 뿐 아무 의견도 제시하지 못했다.

크리스털은 여우족만이 가진 보물로 마정석의 한 종류라 고 보면 된다. 한 여우족이 평생 쌓은 마나는 물론 경험의 일 부까지 혼합되어 만들어진 구슬로 죽기 직전에 인위적으로 토해 내는데, 후대가 이 크리스털을 삼키면 크리스털에 담긴 힘을 사용할 수 있었다.

물론 오랫동안 시간을 들여서 자신의 것으로 만들어야 하고 달이 뜨는 밤에는 1시간 이상 입 밖으로 배출해서 달의 정기를 흡수하는 특수한 과정이 필요했지만, 비약적으로 성장할 수 있었다.

아쉬운 것은 크리스털의 숫자가 불과 스무 개밖에 안 된다는 것이다. 그래서 보통 아그네스처럼 특별한 자질을 가지고 태어났으며 자기 계발을 위해 노력하는 여우족에게 주어진다.

그래서 일반적인 여우족은 다른 수인족에 비해 약하지만 크리스털을 복용한 여우족은 굉장히 강하다. 그래서 나이가 들면 대부분 일족을 이끄는 원로가 되는 길을 걷게 된다.

그런 놀라운 효능을 가진 크리스털이지만 여우족이 감당할 수 없는 것이 하나 있었다.

나인테일을 남긴 선조만큼은 아니더라도 여우족 출신으로 인간 대마법사를 우습게 알 정도로 강한 술법사였던 호론이 남긴 크리스털이었다.

호론은 10만 무 밖의 일을 훤히 내다봤으며 마음만 먹으면 순식간에 10만 무 이상 떨어진 곳으로 공간 이동을 할 수 있었고, 좁은 지역에 한정되기는 했지만 그 공간의 기후를 마음대로 조절할 정도의 놀라운 술법 능력을 가지고 있다고 전해졌다.

깊은 산맥 속에 숨어 살았던 여우족이 세상에 나와서 다른 종족과 어울려 살 수 있었던 것도 바로 호론 덕분이었다. 그만큼 강력한 술법사였다.

"전 찬성입니다. 둘 다 우리 여우족에게는 신물이기는 하지만 1만이 넘는 생명의 가치에는 비할 수 없습니다."

세렌이라는 원로가 먼저 바아델의 의견에 찬성을 하자 다른 원로들도 차례로 동의할 수밖에 없었다. 지금은 성을 감시하는 비행 마수들로부터 살아남는 것이 가장 중요했다.

"좋습니다."

가온은 여우족 원로들의 제안을 흔쾌히 받아들였다.

"여우성 주위를 날아다니는 비행 마수들을 사냥해 드리겠습니다."

"정말 비행 마수들을 사냥할 수 있나요?"

강한 자신감이 느껴지는 가온의 대답에도 불구하고 아그네스는 불안한 마음을 떨치기 힘들었다.

아무리 강력한 전투 무기로 인정받는 타이탄이라고 해도 비행 마수를 상대하는 건 어려웠기 때문이다.

"우리 시티도 타이탄을 개발하기 전까지는 아주 오랫동안 비행 마수의 위협에 시달렸었습니다."

그 말인즉 비행 마수를 상대할 방법도, 경험도 있다는 뜻이니 아그네스는 물론 원로들도 어느 정도 안심할 수 있었다.

"좋아요. 그럼 계약금 조로 호론의 크리스털을 드릴게요."

바아델이 내미는 구슬은 아기 주먹 크기로 아주 영롱했다. 물론 크리스털에 대한 설명은 이미 들었다.

'이것이 주인을 가린단 말이지.'

자신과 맞으면 녹아서 체내에 흡수되고 마나오션에 자리를 잡게 된다고 했다.

마나오션의 위치는 제각각이지만 크리스털의 원주인의 능력을 어느 정도 사용할 수 있는데, 활성화 정도를 높이려면 주기적으로 체외로 꺼내 달빛을 흡수시켜야 한다고 했다.

그렇다고 자신이 크리스털을 사용할 생각은 없었다. 밤마다 달빛을 흡수할 생각은 전혀 없으니 말이다.

'누군가 맞는 사람이 있지 않을까?'

이젠 아니테라의 주민도 크게 늘었으니 크리스털과 적합한 이가 분명 있을 것이다.

설사 지금은 적합자가 없더라도 나중에도 계속 없을 거라고 생각하지 않았다.

만약 크리스털의 적합자가 나와서 호론이라는 여우족의 능력을 일부라도 쓸 수 있게 된다면 아니테라의 전력이 강화되는 것이니 결국 자신의 힘이 강해지는 것이었다.

그런 생각으로 의뢰를 받아들인 것은 아니다. 어차피 비행 마수들은 자신이 처리하려고 했다, 더불어 던전도.

'던전에서 마침 시험해 볼 것도 있으니까.'

아이테르 차원으로 건너오기 직전에 타이탄 공방에 합류한 드워프들이 개발해 둔 무기가 있었다.

'만약 통한다면 앞으로 비행 마수는 타이탄의 밥이 될 거야.'

비행이 가능하다는 것만으로 육상 마수에 비해서 한 등급 더 높게 쳐주는 비행 마수의 위상도 끝이 날 것이다.

"그럼 전 나갔다가 우리 전사단과 함께 내일 새벽에 오겠습니다."

"저희 타이탄 라이더들은 어떻게 할까요?"

"교습을 내일이나 할 수 있으니 도움이 안 될 것 같습니다."

"그럼 지켜보는 건요?"

"여우성에서 지켜보는 건 문제가 될 게 없습니다."

타이탄이 비행 마수를 사냥하는 모습을 굳이 비밀로 할 이유가 없었다.

은신 스킬로 여우성을 나간 가온은 하늘을 가득 채우고 있는 비행 마수들을 한번 쳐다보고는 바로 아이테르 차원으로 건너갔다.

가온이 도착한 곳은 타이탄 공방이다.

안으로 들어가니 공방장인 알름과 드워프족의 원로 라트렌이 상기된 얼굴로 대화를 나누고 있다가 그를 발견하고 달려왔다.

"헤루스!"

"마침 잘 오셨습니다!"

어느 때보다 반갑게 맞이하는 두 사람.

"무슨 좋은 일이라도 있는 것 같네요."

"으하하하. 모라이족과 엘프족 장인들의 도움으로 휴대용 소형 마나포를 드디어 완성했습니다!"

라트렌의 입이 귀까지 걸려 있었다.

"오오! 그거 정말 반가운 소식이군요."

원래 가온은 이번에 여우족의 의뢰를 수행한 이후 던전을 공략할 때 베타급 타이탄들을 소환해서 중형 마나포를 사용해 보려고 했는데, 휴대용 소형 마나포가 완성되었다면 화력이 엄청나게 증강될 것이다.

"시제품으로 100발을 생산해서 타이탄으로 포격 시험을 해 봤는데 쓸 만했습니다."

"유효사거리와 위력은요?"

그게 가장 중요했다.

"최대 사거리 1천 무에 유효사거리는 300무입니다."

유효사거리는 어떤 무기가 평균 50% 확률로 표적을 명중시킬 수 있는 거리 혹은 사수가 목표물을 조준 사격해서 적을 무력화시킬 수 있는 최대 사거리를 말한다.

'유효사거리가 330미터라면 대단하네.'

"그리고 생물체를 대상으로 포격을 한 것이 아니라서 위력은 확실치 않지만 트롤이나 오우거의 몸통에 커다란 구멍을 낼 수 있는 것은 확실합니다!"

라트렌은 그렇게 확신했지만 위력은 생물체를 대상으로 시험해 볼 필요가 있었다.

"그런데 기가스도 소형 마나포를 사용할 수 있겠습니까?"

"물론입니다."

기가스를 직접 개발한 알름이 자신만만한 얼굴로 대답했다.

'이것으로 기가스의 활용도는 물론 전력이 크게 높아지겠어.'

기가스와 함께 소형 마나포를 공급하면 아이테르 차원 전체의 전투력도 비약적으로 올라갈 것이고 결국 차원 의뢰에도 큰 도움이 될 것이다.

"다만 문제가 있습니다."

문제가 있다는 말에 가온은 자신도 모르게 긴장했다.

비행 마수 사냥

"본래 마나포의 에너지원으로 중급 마정석을 상정했는데 위력을 강화시키기 위해서는 중상급 마정석이 필요합니다."

다행하게도 알름이 거론한 문제는 큰 문제가 아니다.

'비행 마수가 나오는 던전만 공략해도 중상급 마정석은 충분히 확보할 수 있어!'

그리핀은 당연히 상급 마정석을 가지고 있을 것이고 그보다 전투력이 낮은 하피의 경우 중상급 마정석을 가지고 있는 것이 보통이다.

"중상급 마정석 한 개당 한 발입니까?"

"아닙니다. 세 발까지 가능합니다. 다만 연사는 불가능합니다. 마정석에서 마나를 끌어내어 압축시키기 위해서는 20

초가 소요됩니다."

트롤을 한 방에 죽일 수 있는 무기라면 그건 큰 문제가 되지 않는다. 일제 포격이 아니라 순차 포격을 가하면 되니 말이다.

"그래도 엘프 마법사들의 도움으로 유도 기능이 추가되어 적중률이 크게 높아졌습니다."

그거 반가운 소식이다. 움직이는 생물체가 표적이니 어쩌면 당연히 들어가야 할 기능이기도 하고.

"하루에 몇 문이나 생산이 가능합니까?"

"아직 생산 라인이 갖추어진 것이 아니라서 수작업을 해야 하기 때문에 하루에 200문 정도가 한계입니다. 물론 기존의 타이탄 생산 라인과 무관하게 말입니다."

그 정도면 충분하다. 대량생산은 나중에 해도 된다. 아이테르 차원에서 대략 오후 2시 정도에 건너왔으니 새벽까지는 이곳을 기준으로 보름 이상의 여유가 있다.

"바로 생산하세요."

"더 이상의 시험은 필요가 없는 겁니까?"

"비행 마수를 상대로 사용해 보고 개량할 부분이 있으면 그때 손을 보도록 하지요. 이제 우리 아니테라의 전사를 위한 타이탄과 기가스는 더 이상 생산하지 않아도 되니 그 라인을 마나포로 돌리지요."

드워프의 기술에 모라이족과 엘프족 장인과 마법사까지

가세해서 완성한 마나포라면 믿을 수 있지만 혹시 모를 상황에 대비해서 그 정도로 운을 떼어 두었다.

"그리고 급하게 주문할 것이 있습니다."

"말씀하십시오."

"타이탄 전용 활과 화살이 필요합니다."

마나포가 개발된 것은 반가운 소식이지만 이번 여우족의 의뢰에 사용할 수는 없었다. 마나포를 사용하게 되면 여우족은 틀림없이 가온을 의심하게 될 것이다.

"아! 그러고 보니 타이탄의 경우도 그렇지만 기가스의 경우 활이 좋은 무기가 될 수 있겠네요."

그때 라트렌이 끼어들었다.

"타이탄과 기가스가 사용할 활과 화살은 저희가 한번 만들어 보겠습니다."

"드워프족이 만드는 활과 화살이니 기대가 되는군요. 그렇게 하세요. 그런데 화살의 경우 목표에 맞는 순간 폭발했으면 하는데, 가능하겠습니까?"

"관통력을 강화시키는 것이 아니라 폭발하는 화살이라······ 궁사의 전력을 극대화할 수 있을 것 같은데, 한 번도 만들어 본 적이 없어서······."

"라트렌, 폭발하는 화살에 대한 기술은 우리 모라이족이 보유하고 있습니다."

"잘됐군요. 그럼 힘을 합쳐 만들어 봅시다."

"기대가 되는군요. 그럼 저는 폭발시와 관련된 재료부터 확인해 보겠습니다."

"화약이라면 우리가 충분히 가지고 있습니다."

"오오! 그렇다면 다른 것만 확인하면 되겠네요. 라트렌은 헤루스께 드릴 말씀이 있는 것 같으니 먼저 실례하겠습니다."

그렇게 알름이 재료 창고 쪽으로 향하자 라트렌이 입을 열었다.

"혹시 서머셋이라는 휴먼족을 기억하십니까?"

"당연히 알지요."

서머셋은 휴식을 마다하고 부인과 함께 타이탄 교관이나 정비 요원으로 선발된 이들에게 아이테르 공용어를 가르치고 있다고 들었다.

"그 친구가 타이탄 라이더가 되고 싶은 모양입니다."

"실력은 충분하긴 한데……."

생각해 보니 서머셋은 익스퍼트 중급의 실력을 가지고 있었다. 한쪽 다리가 불편한 몸이라는 점을 고려하면 그가 그동안 해 왔을 노력을 충분히 이해할 수 있었다.

"일단 만나 보고 결정하도록 하지요. 그나저나 타이탄 라이딩 훈련은 받고 있습니까?"

"저야 이쪽 일이 급선무라 아직 받지 못했지만 일족의 전사 열다섯 명은 이미 받고 있습니다. 그런데 그중 여섯 명이 전사 타이탄 대신 건설용 타이탄을 타고 싶다고 합니다."

"손재주가 남다른 드워프족이라면 건설용 타이탄과 궁합이 잘 맞을 것 같네요. 건설단에 알릴 테니 그렇게 하세요."

어쩌면 드워프들이 건설용 타이탄을 직접 타고 운용하는 과정에서 개량할 점이나 추가할 기능에 대한 사항을 발견할 수 있을지도 모르겠다는 생각에 즉각 그 부탁을 수용했다.

"그럼 그렇게 알고 통지를 하겠습니다. 헤루스, 정말 감사합니다!"

"하하하. 뭐가 그리 감사합니까?"

"이런 지상낙원과 같은 곳에서 살 수 있는 것도 그렇지만 일족 모두가 원하는 일을 할 수 있게 해 주셨잖습니까. 저희 드워프족의 기술이나 우리가 만든 아이템을 탐내는 자들도 없고 오히려 인정을 해 주시니 다들 살맛이 난다고 합니다."

"하하하. 그건 제가 할 말입니다. 우리 아니테라에 드워프족이 합류해서 얼마나 든든한지 모릅니다."

"아무튼 약속한 100년 동안 저희 일족은 헤루스를 위해 목숨까지 바칠 테니 부디 버리지 말아 주십시오."

"버리긴요. 말도 안 되는 얘기입니다. 제발 일찍 떠나겠다는 말만 하지 마십시오."

"하하하. 아무튼 요즘은 하루하루가 너무 신나고 재미있습니다. 항상 일족을 올바로 이끌어야 한다는 강박감에 잠도 제대로 못 잤는데, 헤루스께 의탁을 하고 나니 저도 이제 제

인생을 제대로 사는 것 같아서 너무 행복합니다."

이런 부분은 생각해 보지 못했는데 멸족의 위기에 봉착해서 겨우 소수만 살아남은 드워프족을 이끄는 동안 라트렌의 스트레스가 굉장히 심했던 모양이다.

"그렇다니 정말 다행입니다. 앞으로 함께 이 아니테라를 지상낙원으로 만들어 봅시다!"

"최선을 다하겠습니다!"

라트렌은 무척이나 밝은 얼굴로 알름이 향한 타이탄 공방으로 뛰어갔는데 그 짧은 다리가 만들어 내는 움직임이 무척 경쾌했다.

⟨※⟩

시간에 맞추어 아이테르로 건너온 가온은 이제 막 해가 뜨는 시간임에도 여우성의 상공을 날아다니고 있는 그리핀과 하피들을 볼 수 있었다.

'수가 더 늘어난 것 같은데.'

아이테르 차원을 기준으로 어제 아침만 해도 400마리 정도였던 그리핀과 하피는 600마리 가까이 되어 보였다.

'설마 대대적인 공격을 하려는 것일까?'

그리핀과 하피는 일반적인 새처럼 머리가 나쁘지 않다. 비록 여우성이 밖으로 뚫린 굴의 입구에 환상 주술진을 설치해 두었다고는 해도 안심할 수 없었다.

'여우족도 그런 사실을 알고 있으니 일족의 보물을 걸고 나한테 의뢰를 한 거겠지.'

가온은 여우성이 내려다보이는 산등성이 중 나무가 거의 없는 곳부터 시작해서 메소산 곳곳으로 이동하면서 타이탄 전사들을 소환했다.

'플라위스들만 소환해도 저 정도의 마수는 쉽게 사냥할 수 있는데…….'

하지만 여우족에게 플라위스의 존재를 보여 줄 생각은 없었다. 그리고 지금은 타이탄의 대공전 능력을 확인해 봐야 했다.

소환된 타이탄 전력은 베타급 20기에 알파급 200기에 달해서 하늘을 날고 있는 비행 마수들은 물론 여우성 측에서도 훤히 볼 수 있었다.

"산개!"

가온의 명령이 떨어지자 타이탄들은 일제히 움직여서 산등성이부터 시작해서 넓게 사이를 벌린 상태로 포진했다.

여우성은 난리가 났다.

"타이탄이다!"

"아니테라 시티의 타이탄인 모양인데 숫자가 어마어마해!"

"세상에! 200기도 넘는 것 같아!"

"저렇게 많은 타이탄을 본 건 처음이야!"

비행 마수가 여우성 상공을 감시하기 시작한 이후 여우족은 잠을 제대로 이루지 못했다.

그래서 이 시간에는 여우족 대부분이 활동을 시작한 상태였기에 여우성을 감싼 산의 한 곳에 나타난 타이탄을 발견할수 있었다.

"저건 베타급인가 봐. 어제 광장에서 본 타이탄보다 훨씬더 커!"

"맞아! 아래쪽에 있는 타이탄들이 알파급이야!"

베타급들은 대부분 산등성이에 일정한 거리를 두고 서 있었고 알파급들은 산기슭까지 넓게 포진하고 있는 상태였다.

오늘 사냥을 하겠다는 가온의 말에 광장 안쪽에서 그를 기다리고 있었던 원로들은 일족이 놀라 외치는 소리에 광장 입구로 달려갔다.

물론 그중에는 아그네스도 끼어 있었다.

그들이 밖이 훤히 보이는 광장의 입구에 도착했을 때 사람들이 놀라 외치는 소리가 들렸다.

"어? 비행 마수들이 타이탄을 공격하려나 봐!"

"오늘은 숫자가 더 늘었어!"

하피와 그리핀은 하루가 다르게 숫자가 늘어나더니 오늘은 대충 봐도 600마리는 넘을 것 같은데 그렇게 많은 비행

마수가 일제히 타이탄들이 포진한 곳으로 빠르게 날아 내려
오고 있었다.

"끼아아악!"

심약한 누군가가 비명을 질렀다.

먼저 공격성이 강한 그리핀 20마리 정도가 산등성이의 베
타급 타이탄들을 향해 하늘에서 내리꽂는 창처럼 빠르게 날
아 내리고 있었다.

그 속도가 얼마나 빠른지 순식간에 그리핀의 강철과 같은
발톱에 타이탄의 머리통이 떨어져 나갈 것 같았다.

하지만 타이탄들은 이미 그리핀의 공격을 알아차렸는지
대검을 바닥에 내려놓고 등에 메고 있던 거대한 활을 잡은
상태였다.

그리고 그 거대한 활시위에는 옆구리에 차고 있던 화살통
에서 꺼낸 거대한 화살이 걸렸다.

텅! 텅! 텅! 텅!

만궁을 그리며 휘어지던 시위가 제자리로 돌아가는 순간
창만큼이나 거대한 화살이 빛살처럼 하늘로 날아갔는데, 그
리핀이 하강하는 속도보다 더 빨라서 허공에 선이 그어지는
것 같았다.

"화살이 거대하기는 하지만 화살은 안 통할 텐데……."

처음 비행 마수가 나타나서 공격을 했을 때, 여우족도 화
살을 사용했었다. 하지만 그리핀들은 달리 고위급 비행 마수

가 아니라는 듯 부리와 발톱에 마나를 둘러 화살을 너무나 쉽게 튕겨 냈다.

화살의 숫자가 워낙 많았기에 놈들을 맞힌 것이 없지는 않았는데, 생체보호막이 튕겨 내거나 생체보호막을 뚫었어도 밀생한 조밀한 깃털은 뚫지 못했다. 검기가 아니면 어림도 없었다.

여우족은 당연히 그리핀이 거대한 화살을 발톱이나 부리로 쳐서 부숴 버리거나 튕겨 내는 모습을 예상했다.

하지만 대략 100여 미터 상공의 한 점에서 화살과 그리핀이 만나는 순간 여우족의 눈이 찢어질 듯 커졌다.

꽝! 꽝! 꽝! 꽝!

생체보호막을 믿고 화살을 피하는 대신 부리나 발톱으로 화살을 쳐 내는 순간 거대한 폭발과 함께 그리핀이 화염에 휩싸이더니 이내 힘을 잃고 추락하기 시작했다.

"폭발하는 화살이라니!"

저런 아이템은 들어 본 적도 없었지만 그리핀들에게는 그야말로 비극이나 다름없는 운명의 길로 이끌었다.

화살이 맹렬하게 폭발하면서 파편이 빛처럼 빠르게 사방으로 날아가서 동체에 박히는 동시에 초고온의 화염이 동체를 불태워 버린 것이다.

그렇게 그리핀 20마리가 폭발하는 화살에 맞아서 화염 덩어리가 되어 힘없이 추락했고 지면과 부딪히기 이전에 목숨을 잃었다.

성격이 급하고 공격성이 강한 그리핀에게 밀리는 바람에 자연스럽게 그 광경을 목격한 하피의 일부는 깜짝 놀라서 날개를 펼쳐 급하게 멈추었다.

하지만 거의 500여 마리에 달하는 그리핀과 하피는 폭발음에 놀라기는 했지만 산의 경사면과 기슭에 서 있는 알파급 타이탄을 향해 맹렬한 속도로 날아갔다.

"알파급 타이탄도 활을 쓴다!"

놀랍게도 200기는 될 것 같은 알파급 타이탄들의 손에도 거대한 활과 화살이 들려 있었다. 그리고 그들이 발사한 거대한 화살들은 그들을 향해 내리꽂히는 그리핀과 하피를 향해 날아갔다.

꽝! 꽝! 꽝! 꽝! 꽝!

여우족들이 자신도 모르게 손바닥으로 귀를 감쌀 정도로 강력한 폭발음이 연속해서 터졌고 대기는 갈기갈기 찢어졌으며 그리핀과 하피들은 화염에 휩싸여 추락하기 시작했다.

일부는 용케 피하거나 급하게 날개를 펴서 수직 강하를 멈추었지만 한순간에 비행 마수의 3분의 1이 처참한 모습으로 지상으로 추락해 버렸다.

전혀 예상하지 못했던 사태에 당황한 그리핀과 하피 들은 본능적으로 사방으로 흩어졌지만 이미 두 번째 화살들이 놈들을 향해 날아갔다.

꽝! 꽝! 꽝! 꽝!

화살 일부는 하늘 높이 올라갔다가 지상으로 떨어지며 폭발했지만 대부분은 목표를 놓치지 않았다.

엘프 전사들은 타고난 명궁이었고 그 실력은 타이탄을 탑승한 상태에서도 발휘되었다.

또다시 대기가 찢겨 나가고 200여 마리의 그리핀과 하피들이 불덩이가 되거나 날개가 떨어져 나간 처참한 모습으로 추락했다.

세 번째 화살도 날아갔지만 이번에는 절반 정도만 목표를 맞혔고, 살아남은 극소수의 그리핀과 50여 마리의 하피는 혼비백산한 모습으로 던전이 있는 쪽으로 도망쳤다.

"와아아아!"

"이겼다!"

지켜보던 여우족들이 일제히 환호성을 질렀다. 그동안 여우족을 성 밖으로 나가지 못하게 만들었던 비행 마수 500여 마리가 폭발하는 거대한 화살에 맞아 통구이가 되어 버렸다.

겨우 살아남은 그리핀과 하피 들이 사라지자 여우족의 원로들이 성 밖으로 달려 나왔다.

그리고 산등성이에 서 있던 베타급 타이탄들이 빠른 걸음으로 산을 내려오더니 원로들의 앞에 도착했고, 그중 한 기의 탑승구가 열리며 몸에 달라붙는 방어구를 입은 가온이 밖으로 나왔다.

"수고하셨어요!"

바아델은 물론이고 다른 원로들도 놀란 표정을 지우지 못한 얼굴로 가온을 맞이했다.

"수고는요. 아무래도 도망친 놈들과 다른 놈들은 던전으로 간 것 같은데, 이참에 아예 던전을 공략해야 할 것 같습니다."

"정말 그렇게 해 주시겠어요?"

바아델이 반색을 했다. 사실 며칠 사이에 숫자가 확 늘어나서 오늘만 해도 600여 마리에 달했던 비행 마수 중 500마리 넘게 폭발하는 화살로 사냥했기에 가온 측에서 의뢰의 완수를 주장해도 여우족은 할 말이 별로 없었다.

"그럼 저희도 도울게요!"

아그네스가 결연한 얼굴로 말했지만 가온은 고개를 저었다.

"일반적인 마수나 몬스터라면 분명히 도움이 될 테지만 상대는 비행 마수입니다. 던전도 분명히 비행 마수들이 서식하는 고산 환경일 테니 마음만 받지요."

가온의 말에 아그네스는 물론 여우족 원로들도 더 이상 지원을 언급하지 못했다.

아니테라의 타이탄처럼 거대한 활과 폭발하는 화살이 없다면 비행 마수는 상대하기 극도로 까다로운 상대인 것이다.

"알겠어요. 그럼 저희는 사체를 도축할게요."

"이 길로 던전으로 갈 생각인데 혹시 다른 곳에 있던 비행 마수라도 있으면 피해가 발생할 수도 있으니 정오까지는 성에서 나오지 않는 것이 좋을 것 같습니다. 그리고 도축도 공들일 필요가 없습니다. 아마 폭발시로 인해서 멀쩡한 사체가 별로 없을 겁니다. 마정석만 챙기십시오."

"염려해 주셔서 감사해요. 부디 던전 공략에 성공하기를 바랄게요. 몸조심하시고요."

여우족과 헤어진 가온은 어느새 타이탄을 수납한 라이더들과 함께 비행 마수들이 도망친 방향으로 달려갔다.

그런 아니테라의 타이탄들을 지켜보는 여우족 원로들의 얼굴은 복잡한 감정이 떠올라 있었다.

"아니테라 시티라……. 우리가 주위 시티에 만든 정보망에는 전혀 걸리지 않았던 곳인데 저렇게 무지막지한 타이탄 전력을 보유하고 있다니 정말 대단하네."

"아무리 타이탄이라도 비행 마수를 상대로는 열세라고 생각했는데 대궁과 폭발하는 화살을 사용할 줄이야."

"저 정도 전력이라면 던전 공략도 어려울 것 같지가 않네요."

"드워프들이 도망치지 않았다면 우리도 타이탄과 마나포를 이용해서 비슷한 방식으로 비행 마수를 사냥할 수 있었을까요?"

"그럴 가능성도 있지만 타이탄 10기로는 어림도 없었을 겁니다."

"하긴 타이탄이 200기가 넘으니 폭발하는 화살도 제대로된 위력을 발휘했을 테지요."

"아무튼 저들이 비행 마수 던전을 제대로 공략하기만 바랍시다. 릴센이 우리 여우족을 반기지 않는 상황이니 이곳을 떠날 수도 없으니까요."

아그네스와 여우족 원로들은 막강한 타이탄 전력을 보유한 아니테라 측이 부디 던전을 클리어하기를 간절하게 바랐다.

───※───

메소산을 순식간에 내려간 가온은 적당한 곳에서 전사들을 아니테라로 돌려보낸 후 마누의 도움을 받아 던전 입구로 바로 공간 이동을 했다.

"던전마저 고산 절벽에 있네."

던전은 메소산과 얼마 떨어지지 않는 또 다른 산의 한쪽기슭에서 중턱까지 이어지는 수직 절벽 위에 있었다.

그런데 바로 던전으로 들어갈 수가 없었다.

─하피들이야!

카오스의 의념에 하늘을 올려다보니 하피와 그리핀 수백마리가 보였는데 나는 속도가 도망칠 때와 달리 빠르지 않았다.

이유가 있었다. 대략 500마리는 될 것 같은 하피와 그리핀은 메소산 쪽으로 날아가고 있었는데 하나같이 꽤 큰 바윗덩이를 발톱으로 움켜쥔 상태였다.

그중 일부는 날개가 새까맣게 탄 것으로 보아 메소산에서 간신히 살아서 도망쳤던 놈들인 것 같았다.

하피는 그리핀과 달리 부리나 발톱이 강력하지 않지만 대신 영악했다. 귀청이 떨어질 것처럼 높고 날카로운 고음으로 정신을 혼란스럽게 만들 뿐 아니라 안개 속에서는 인간과 비슷한 형체로 나타나서 유인을 하기도 한다.

특히 성정이 극도로 잔혹해서 잡아챈 상대를 천천히 그리고 갈기갈기 찢어먹는다고 알려져 있는데, 비행 마수치고는 지능이 아주 높아서 높은 수준의 전술을 수행할 수 있었다.

그런 하피와 그리핀 500여 마리는 폭발하는 화살이 닿지 않는 높은 상공에서 저 바위들을 떨어뜨려서 타이탄을 부수려는 생각일 것이다.

'골치 아픈 녀석들이군.'

그리핀처럼 무서운 줄 모르고 공격을 시도한다면 폭발하는 화살로 얼마든지 사냥을 할 수 있지만 화살의 사거리를 벗어나는 고공(高空)에서 바위를 떨어뜨려 폭격한다면 타이탄으로서는 놈들을 마땅히 상대할 방법이 없었다.

물론 방법이 없는 건 아니다. 아니, 타이탄보다 비행 마수들을 훨씬 쉽고 빠르게 사냥할 수 있는 존재가 있었다.

'너희들을 상대할 주인은 따로 있지!'

가온은 플라위스를 한꺼번에 소환했다.

─주인!

다른 녀석들은 시간이 멈춰있는 공간에서 나오자 어리둥절한 모습을 보였지만, 세 보스인 퍼플과 레드 그리고 블루는 가온의 몸에 부리를 문지르며 반가움을 표시했다.

'하늘에 있는 놈들을 모조리 사냥해!'

─알겠다! 사냥이다!

먼저 세 보스가 가볍게 날개를 퍼덕여 하늘로 날아오르자 나머지 플라위스들이 그 뒤를 따랐고, 순식간에 던전 위쪽 상공은 거대한 동체와 날개를 가진 플라위스들로 가득 찼다.

몇 번에 걸쳐서 진화를 한 플라위스들은 단순한 비행 마수가 아니었다.

마치 서로 의사소통을 하는 것처럼 날카로운 소리를 주고받던 플라위스는 두 무리로 갈라졌다.

레드와 블루가 이끄는 무리는 바위를 움켜쥔 그리핀과 하피를 향해 무서운 속도로 날아갔고 퍼플이 이끄는 무리는 하피와 그리핀이 모습을 보인 산꼭대기 쪽으로 날아갔다.

자신들을 향해 날아오르고 있는 플라위스를 본 하피와 그리핀은 움켜쥐고 있던 바위를 황급히 놓고 미친 듯 날개를 움직였다.

자신들은 물론 와이번보다 더 거대한 몸집과 날개를 가졌을 뿐 아니라 흉포한 기세는 마치 드래곤만큼이나 심혼에 강한 공포심을 느끼게 했기 때문이다.

하피와 그리핀은 사방으로 흩어져서 도망을 치려고 했지만 놈들이 처음 본 플라위스의 비행속도는 차원이 달랐다.

아래에서 위로 날아오르고 있음에도 불구하고 놈들에 비해 두세 배는 더 빨랐다.

끼이이이이!

다급한 와중에 내지르는 하피의 음파 공격이 절벽 위 상공을 가득 채웠지만 플라위스들은 아무런 영향도 받지 않았다.

플라위스들은 너무나 쉽게 놈들을 추월해서 강철처럼 단단하고 날카로운 발톱으로 날개는 물론 몸통을 갈기갈기 찢어 버렸다.

어느 순간 하피의 찢어지는 것같이 높은 음파 공격을 사라지고 대신 하피와 그리핀의 비명이 그 자리를 채웠다.

가온은 카오스 등 정령들로 하여금 땅에 추락한 놈들의 사체에서 마정석을 적출하도록 부탁했다.

고공에서 추락한 하피나 그리핀의 사체는 엉망이어서 마정석을 제외하고는 가치가 있는 부산물이라고는 깃털밖에 없는데, 그것까지 챙길 필요는 없었다.

그렇게 플라위스를 이용해서 던전에서 나와 아이테르 차원에 자리를 잡은 그리핀과 하피를 모조리 사냥한 가온은 플라위스를 모두 불러들인 후 던전으로 들어갔다.

'비행 마수가 보스인 던전답게 인원수 제한이 없는 A등급
의 던전이네.'

입장할 때 떠오른 홀로그램에는 이 던전이 생각보다 난이
도가 높다는 사실을 알려 주었다.

아침 녘의 던전 내부 공간은 굉장히 컸다. 중턱부터 바위
로 이루어진 거대한 산을 중심으로 초원이 펼쳐져 있었다.

안력을 강화시켜 바위산을 살펴본 가온은 높은 난이도의
이유를 이해할 수 있었다.

'다섯 개의 산봉우리 중 그리핀과 하피가 각각 두 개씩 차
지했고 하나는 변종 아울의 둥지네.'

던전 안은 시간이 아침이라서 그런지 막 사냥을 나가려는
수천 마리의 하피와 그리핀이 눈에 들어왔다.

산의 정면과 양옆에 있는 초원 쪽을 살펴본 가온은 던전
브레이크가 임박했다는 사실을 깨달았다.

확신할 수는 없지만 초원 쪽에는 비행 마수의 먹이가 될
동물이 거의 보이지 않았다.

가온은 일단 드워프 전사를 포함해서 베타급 타이탄 라이
더들과 이번에 마법사 전용 타이탄을 지급받은 이들을 포함
해서 300여 명을 소환했다.

"여기는?"

미리 의념을 보내 던전 공략을 할 거라고 알렸기에 사람들

은 당황하는 대신 강한 호기심을 드러냈다.

"드워프 전사들과 베타급 라이더들은 소형 마나포를, 마법사들은 마법을 사용해서 비행 마수를 사냥하시오. 전사들은 호위를 하다가 유효사거리 안으로 들어오면 폭발시를 날리고."

사실 자신과 플라위스들만으로도 이 던전을 공략할 수 있었지만 마나포의 위력도 시험해 보고 마법사 타이탄의 전력도 확인해 봐야 해서 소환한 것이다.

가온의 명령에 타이탄 라이더들이 전투를 준비했다.

산 위쪽에서는 꽤 먼 거리지만 눈이 좋은 그리핀과 하피 무리는 거대한 타이탄들이 모여 있는 모습을 발견했는지 빠르게 날아왔다.

"선두가 50마리 정도이니 상대하기에 적당하겠네. 다들 준비해!"

끼아아앗!

귀청이 떨어져 나갈 것 같은 하피의 음파 공격은 상대의 근육을 수축시키는 위력을 가지고 있었지만, 타이탄에 탑승한 아니테라의 전사들과 마법사들은 아무런 영향도 받지 않았다.

드워프족이 탄 타이탄과 베타급 타이탄 35기는 어깨 위에 올린 마나포를 발사할 준비를 했고, 엘프족 장로들이 탑승한 마법사 타이탄들의 앞에는 어느새 사람 머리 크기의 화염 덩어리가 수십 개씩 떠올라 있었다.

마지막으로 알파급 타이탄들은 창 크기의 거대한 폭발시를 시위에 걸고 매서운 눈으로 하늘을 쳐다보고 있었다.

타이탄을 처음 보는 하피와 그리핀은 그저 먹잇감의 몸집이 크다는 사실에 신이 나서 빠르게 날아왔다.

본래 이곳에는 트롤과 오우거도 있었지만 비행 마수들은 끊임없는 공격으로 놈들까지 잡아먹었기에 몸집이 크다고 해서 경계를 하지는 않았다.

게다가 화살처럼 빠르게 타이탄을 향해 내리꽂히는 50여 마리 뒤쪽에는 몇 배는 더 많은 하피와 그리핀이 따르고 있었다.

50여 마리의 하피와 그리핀이 뒤쫓아 날아오는 동족에게 먹이를 빼앗길까 두려웠는지 비행속도를 배가시켜 어느새 양측의 거리는 50무밖에 떨어지지 않았을 때였다.

슈웃! 슛! 슛!

마나포에서 주먹 크기의 에너지 덩어리가 폭사되었다. 그리고 그 에너지 투사체가 방출한 빛이 동공에 닿기가 무섭게 하피와 그리핀의 동체를 직격했다.

핏! 푸싯!

기이한 소리와 함께 하피와 그리핀의 머리와 몸통에 주먹 크기의 구멍이 뚫렸다.

너무 순식간에 벌어진 일이라 빛 덩어리에 맞은 놈들도 무슨 일이 생긴 줄 몰라 계속 타이탄을 향해 날아갔는데 어느 순간 급격히 아래로 추락했다.

끼이이이잇!

몸통에 구멍이 뚫린 하피가 구슬프게 울부짖으며 맹렬하게 날갯짓을 해서 급격히 상승했지만 잠시 후 힘이 빠졌는지 다시 추락했다.

마나포는 20초 간격으로 연속해서 마나포탄을 발사했다. 선두의 절반 정도가 생소한 무기에 당한 것에 나머지가 잠시 멈칫하는 바람에 다음 마나포탄을 발사할 타이밍이 나왔다.

빠르기는 하지만 직선으로 날아오는 상대라서 격추하지 못하는 것이 이상할 정도였다.

슈웃! 슛! 슛!

푸싯! 푸싯!

오랜만에 본 거대한 몸집의 먹이를 사냥할 생각에 무작정 날아들던 50여 마리의 하피와 그리핀 중 단 1마리도 연사되는 마나포탄을 피하지 못했다.

하지만 그건 시작에 불과했다. 뒤에 따라오던 수백 마리의 하피와 그리핀 무리가 100무 거리로 들어오는 순간 일제히 날아간 파이어볼 수십 개는 일정한 간격을 유지해서 상대의 몸에 닿는 순간 폭발을 일으켰다.

제대로 된 화망(火網)을 구성한 상태에서 폭발한 파이어볼은 엄청난 규모의 파이어필드 마법에 해당하는 위력을 발휘했고 순식간에 300여 마리가 화염에 휩쓸려 버렸다.

화염의 규모와 열기가 얼마나 공포스러웠는지 뒤이어 날아오던 하피와 그리핀이 놀라서 황급히 방향으로 틀 정도였다.

하지만 그런 놈들을 향해 날아가는 거대한 화살이 있었다. 알파급 타이탄을 탄 전사들이 날린 것이다.

증폭된 마나가 주입된 거대한 화살은 살짝 스치기만 해도 폭발했고 마나가 담긴 파편이 몸통이며 날개에 구멍을 뚫어 버렸다.

그렇게 세 차례에 걸친 공격에 하피와 그리핀 500여 마리가 처참한 몰골로 죽어 버리자 뒤따라 날아오던 놈들이 멀찍이 물러났다.

하지만 달리 마수가 아닌지 동족들의 죽음에 분노한 놈들은 이내 피어를 내지르며 재차 공격을 감행했다.

그리고 그 결과는 동일했다. 마나포와 마법 그리고 폭발시의 3단계로 이어지는 공격을 뚫고 타이탄에게 접근한 하피나 그리핀은 1마리도 없었다.

그 모습을 지켜본 가온은 마나포의 위력이나 타이탄 마법사의 마법에 감탄했다.

'이 정도면 쓸 만하네.'

사실 쓸 만한 정도가 아니라 막강했다. 두 차례의 공격으로 거의 1천여 마리에 달하는 하피와 그리핀을 학살한 것이다.

"됐어!"

아직 비행 마수 던전을 클리어한 것은 아니지만 이제 아이테르 차원과 관련된 의뢰를 해결할 수 있다는 강한 자신감이 들었다.

다음 권으로 이어집니다

예지몽으로
히든랭커